Markus Orths
Fluchtversuche

Erzählungen

Schöffling & Co.

Erste Auflage 2006

Satz: Reinhard Amann, Aichstetten
Druck & Bindung: Pustet, Regensburg
ISBN-13: 978-3-89561-098-1
ISBN-10: 3-89561-098-4

www.schoeffling.de

Inhalt

Kleine Welt

Es begann damit – und wenn ich Es sage, so meine ich all das, was dazu führte, dass ich nunmehr, mit knapp dreißig Jahren, in dieser Anstalt lebe, obwohl es mir ein Leichtes wäre, meine Entlassung zu bewirken, kann ich doch mit Fug und Recht behaupten, niemals zuvor in meinem Leben die Dinge in einem klareren Licht gesehen zu haben als zum jetzigen Zeitpunkt, doch ziehe ich diesen Ort allen anderen möglichen Orten vor, da man hier drinnen, wenn man nicht unbedingt will, keinem Menschen begegnet –, und es begann eben alles mit einer Begegnung gegen Ende meines Aufenthalts im Hochland von Chiapas, als plötzlich eine Maya-Frau auf mich zutrat und mir auffordernd ihre Hand entgegenstreckte, in die ich mechanisch ein Geldstück legte, während ich im selben Augenblick dachte: Die sieht ja aus wie die Obschruff. Das mag äußerst befremdlich klingen, umso mehr, wenn man weiß, dass es sich bei Frau Elisabeth Obschruff um meine schwäbische Nachbarin aus Hohenmemmingen handelt. Ich begriff zunächst überhaupt nicht, woher mir dieser Gedanke so plötzlich, sozusagen aus dem Nichts, zugefallen war: Die Obschruff, eine weißhäutige, bebrillte Landfrau mit dritten Zähnen – die Maya-Frau dagegen, eine gegerbte, schlitzäugige, zahnlose Bettlerin. Aber ich konnte mich gegen den nackten Gedanken nicht wehren, und als die Maya-Frau nun lachte, während sie sich, mein Geld in der Hand, fortdrehte – (kein höflich-nickendes Lachen übrigens, kein sich-bedankendes Lachen, eher ein Auslachen, ein meckerndes, zahnloses Auslachen, ganz so, als wäre ich der lächerlichste Mensch auf der Welt, weil ich einer bettelnden Frau ein paar Pesos gab) –, als sie also lachte, fragte ich mich, ob das Lachen der Maya-Frau nicht genauso klang wie das der Obschruff. Das Obschruffsche Lachen, ich erinnerte mich, war mir einmal entgegengetönt, als ich mit zwei leeren Mülltonnen an ihrem Fenster in Hohenmemmingen vorbeigepoltert war und die Obschruff wie üblich aufs Sims gestützt die Welt betrachtete, mich höflich grüßte, sodass ich zu ihr hinsah, nickte, irgendwo hängen blieb, stolperte, der Länge nach zu Boden fiel und die Mülltonnen mitriss, was so komisch ausgesehen haben muss, dass ich eben jenes Obschruffsche Lachen vernahm, wobei die Obschruff wohl vergessen hatte, sich am Morgen die Zähne ins Maul zu schieben.

Die Ähnlichkeit der Maya-Frau mit Elisabeth Obschruff hatte eine verblüffende Wirkung auf mich. Es war, als rüttele sie etwas in mir wach, das jahrelang in einer Koje meines Kopfes geschlummert hatte. Ich begann, die Menschen, die mir während des restlichen Urlaubs begegneten, genauer zu betrachten: Blickte ich in ein unbekanntes Gesicht, fragte ich mich gleich, an wen es mich erinnerte; hörte ich eine fremde Stimme, versuchte ich schon, sie einer mir bekannten Stimme zuzuordnen; formten sich die Hände eines neuen Menschen zu einer Geste, so verglich ich die Geste sofort mit der eines Hohenmemmingers. Und ich fand stets eine Parallele, es gelang mir jedes Mal, die fremden Menschen in meine eigene, mir bekannte Welt zu holen. Ich zerriss den Schleier der Fremdheit, durchschaute das scheinbar Neue, blickte hinter die Fassade und sah auf das, was wirklich darunter lag: das Bekannte, das ewig Gleiche. Und mehr noch: Hinter dem ewig Gleichen, dem Vertrauten, witterte ich schnell schon die Gewöhnlichkeit, und hinter der Gewöhnlichkeit steckte die überall herrschende Langeweile, die Öde des Daseins.

Zurück auf der Schwäbischen Alb fragte ich mich, warum die Menschen überhaupt in eine andere, eine neue Welt reisen, wenn diese andere, neue Welt doch nur scheinbar anders und neu, eigentlich aber genau dieselbe Welt ist wie die bekannte? Das Reisen hat doch nur dann einen Sinn, dachte ich, wenn es das Bewusstsein erweitert, wenn es die eigene, enge Welt mit der Kraft des Neuen sprengt. Sieht man aber hinter die Dinge, hinter den Schein, sieht man – um dieses Wort einmal offen auszusprechen –, sieht man unmittelbar und direkt der Wahrheit ins Gesicht (wie ich in Chiapas), so muss man einfach erkennen, dass es nichts Neues gibt; wenn es aber nichts Neues gibt, dachte ich, wird das Reisen selber zur Farce. Nein, sagte ich mir, wenn man kennt, was man kennt, kennt man alles.

Ich verkroch mich wochenlang in meiner Wohnung und erstellte ein Personenverzeichnis meiner kleinen Welt, listete alle Menschen auf, die ich persönlich kannte. Genauestens vergegenwärtigte ich mir ihre Gebärden, ihr Aussehen, die Art und Weise, wie sie sprachen, einfach alles, was ich mit ihnen in Verbindung brachte. Ich erstellte regelrechte Dossiers. Fünfundvierzig Menschen, dachte ich am Schluss, fünfundvierzig Menschen gehören zu deiner Welt, der nichts mehr hinzuzufügen ist. Diese fünfundvierzig Menschen, sagte ich mir, sollen fortan den Rahmen bilden, um alles scheinbar Neue, das dir entgegenströmen wird, einzuordnen.

So bewaffnet ging ich wieder hinaus, ins Zentrum von Hohenmemmingen, mit meinen Porträts im Kopf, und ich begann, alle unbekannten Menschen, denen ich begegnete – sei es in Läden oder auf der Straße –, mit den Menschen meiner Fünfundvierzig-Leute-Welt zu vergleichen, und mühelos gelang es mir, alle unbekannten Gesichter und Blicke irgendeinem Menschen meiner kleinen Welt zuzuordnen. Der Müllmann dort winkte wie Onkel Rudolf; der Typ da vorn röchelte übertrieben laut wie mein Nachbar Egon; der Blick vom Postmenschen erinnerte mich an den von Stefan Knirsch; die neue Aushilfe in der Bäckerei hatte den Gang und die Figur von Charlotte Dresen. Das alles gab mir ein ungeheures Gefühl der Beruhigung. Nichts Neues konnte mehr störend von außen in meine Welt einbrechen, und ich musste keinerlei Anstrengung mehr unternehmen, Menschen kennen zu lernen, denn ich kannte ja alle schon.

So wäre alles in geregelten Bahnen verlaufen, hätte nicht vier Wochen später, am Mittwoch, den vierzehnten Mai, Silke Maurmaier – eine Frau, die zu meiner Fünfundvierzig-Leute-Welt gehörte und mit der ich in der Heidenheimer Bahnhofskneipe saß –, hätte also Silke Maurmaier nicht diesen harmlos scheinenden Satz gesagt, einen Satz, der mich und mein neues Weltbild schlagartig aus den

Angeln hob. Ich sprach gerade von Rüdiger Knie, einem buddhistisch veranlagten weiteren Menschen meiner Fünfundvierzig-Leute-Welt, als Silke mich plötzlich unterbrach und sagte, sie habe übrigens vor drei Tagen meinen Kollegen Stefan Knirsch kennen gelernt, der sie *unheimlich* an Rüdiger Knie *erinnere*. Ich starrte Silke entsetzt an. Sie wusste natürlich nicht, was sie da gerade gesagt hatte. Nein, sie aß einfach weiter, als wäre nichts geschehen. Ich aber stand sofort auf, was heißt hier stand, ich sprang sozusagen vom Stuhl, verließ die Kneipe und fuhr schnurstracks zurück nach Hohenmemmingen.

Was sich in der Heidenheimer Bahnhofskneipe ereignet hatte, war nichts anderes gewesen als ein Beispiel für die endlose Blindheit, mit der die Menschheit, die Menschen, alle Menschen – (in diesem Fall ich selbst) – geschlagen war: Bei allem Vergleichen, Vergegenwärtigen, Erinnern und Porträterstellen hatte ich vollkommen vergessen, meine Welt *in sich* zu betrachten, die fünfundvierzig Leute *untereinander* zu vergleichen. Hätte ich dies getan, hätte auch ich sogleich erkennen müssen, was mir Silke nun offenbarte, nämlich die frappierende Ähnlichkeit zwischen Rüdiger Knie und Stefan Knirsch, beide Teil meiner Welt. Jetzt aber, nachdem Silke mir den Schleier von den Augen gerissen hatte, sah ich unmittelbar die beiden besagten Gesichter vor mir, das eine legte sich über das andere, verdeckte es, schluckte es, fraß es förmlich auf, und Knirschs graumelierter Kopf verschwand hinter Knies Hamsterbacken, die, so schien mir, leichte Kaubewegungen vollführten, als hätten sie Knirschs Züge noch in den Backentaschen.

Zurück in Hohenmemmingen breitete ich sofort meine fünfundvierzig Porträts auf dem Fußboden aus und verglich die Personen meiner Welt, legte ihr Äußeres, ihre Blicke und Bewegungen nebeneinander, und es gelang mir, bislang übersehene Gleichheiten zu erkennen: Hier schauten zwei aus denselben tiefliegenden, spöttischen Augen, dort zogen zwei andere auf dieselbe erboste Art die Brauen zusammen; hier redeten zwei im komplett gleichen Tonfall, dort trugen zwei die haargenau gleiche Frisur. Wenn mich aber der Schwager Willi an meinen Yoga-Lehrer erinnert, dachte ich, so brauche ich nur einen von beiden. Und so verschlang ein Gesicht das nächste, legte sich eine Geste über die andere, deckte ein Ton den anderen zu: Meine Welt schrumpfte und wurde von Stunde zu Stunde von immer weniger Menschen bevölkert. Immer deutlicher sah ich, dass es kaum einzelne, eigene, unverwechselbare Persönlichkeiten gab, nein, wohin ich auch blickte, ich sah nichts als Gleichheit, Ähnlichkeit, auf Nachmachen und Kopie gerichtetes, affiges Gebaren. So schmolz meine kleine alte Welt zu einem untrennbaren Klumpen, ich führte die fünfundvierzig Leute in dieser Nacht zusammen, zerdividierte sie und ließ sie ineinander aufgehen. Und als am Morgen die Vögel begannen, dumm zu flöten, hatte ich meine komplette Welt auf den Nenner zweier Menschen gebracht, der, so ahnte ich, durch nichts mehr zu teilen war, und diese Menschen waren, wie man sich denken kann, die beiden, die ich bislang meine Mutter und meinen Vater genannt hatte.

Sobald mir diese Tatsache klar vor Augen lag, setzte ich mich ins Auto und fuhr tiefer hinein ins dunkle und unergründliche Gebiet des Schwabenlandes, wo ich meine Eltern wusste und auch antraf. Sie arbeiteten im Krautgarten. Ich begrüßte sie, schwieg dann aber und sagte nichts von meinen nächtlichen Überlegungen, nein, ich tarnte mein Kommen als harmlosen Sohnbesuch und aß hungrig das Frühstück, das meine Mutter mir zubereitete. Essend beobachtete ich meine Eltern und erkannte schon während des Frühstücks, wie sehr gerade meine Mutter sich verändert hatte. Was für Gesten hatte sie plötzlich angenommen? Was für ein Lachen brach da aus ihren Zähnen, wenn mein

Vater etwas Lustiges erzählte? Das – ich sah es sofort – waren die Gesten, war das Lachen, waren die Blicke und Worte meines Vaters, mit dem sie, meine Mutter, seit achtunddreißig Jahren zusammenlebte. Abgefärbt, dachte ich sofort, abgefärbt war in all den Jahren die komplette Äußerlichkeit des Vaterverhaltens auf das meiner Mutter. Nichts Eigenes war da mehr, nur noch ein schlechtes Abziehbild dessen, was sie seit achtunddreißig Jahren, hier, in ihrer engsten und beengenden Umwelt, gesehen und gehört hatte. Vatergesten, Vaterworte, Vaterblicke schoben sich da aus der Mutter, alles schon vormals gesagt, getan, geblickt, vom Vater. Je deutlicher ich meine Mutter so beschämend *unselbst* vor mir sah, umso mehr wandte ich mich ab von der Frau, die Teil meiner Welt gewesen war, von der Frau, die ich bislang als einzelnes Wesen wahr- und angenommen hatte, wandte mich ab von dieser billigen Vaterimitation, diesem fleischlich hohlen Duplikat, hin zum einzig noch verbliebenen Menschen meiner Welt, den ich Vater nannte, derjenige Mensch, auf den letztlich alle Menschen meiner Welt zurückgingen, derjenige Mensch, dessen Name als letztes Ergebnis unter jeder Liste aus Gleichungen und Vergleichungen stand. Ich sah die Mutter nicht mehr an und versuchte, ihr nicht mehr zuzuhören, hätte dies auch gewiss geschafft, wenn sie nur nicht diesen einen dummen Satz gesagt hätte, dieses Sätzlein, so lapidar, so vor sich hin gesagt, so lächerlich beiläufig eingestreut, so hundertmal preisgegeben, so ganz und gar nicht neu, so alt und plattgetreten, dass es mich bislang nie gestört hatte, dieses kümmerliche Sätzlein, jetzt aber traf es mich wie ein Schlag aufs Bewusstsein. Da sagte sie nämlich, die ehemalige Mutter, ohne sich etwas dabei zu denken, sie sagte es leichthin, so, wie sie es immer schon nach wohl zwanzig Minuten meines Besuchs bei ihnen gesagt hatte, so oft hatte sie es gesagt, dass ich es schon gar nicht mehr hörte, dass ich es schon überhörte bei meinen Besuchen, jetzt aber, bei diesem entscheidenden Besuch, nach dieser Nacht, nach diesen Beobachtungen, nach diesen Gedanken, war es mir unmöglich, den Satz zu überhören, im Gegenteil, ich hörte ihn quasi mit fürchterlichen Schmerzen im Kopf, da sagte sie nämlich, die Vaterdublette, während sie mich ansah, ja, musterte, von oben bis unten – und mir gefriert heute noch das Herz, wenn ich an diesen simplen Satz denke –, da sagte sie also, sie wundere sich immer mehr, wie sehr ich doch meinem Vater aus dem Gesicht geschnitten sei.

Während meine Mutter sich beeilte, ihr »immer mehr« zu erläutern, indem sie sagte, immer mehr, damit meine sie, je älter ich würde, von Besuch zu Besuch, sprang ich schon auf, riss meinen Vater vom Stuhl, zerrte ihn vor den Spiegel, sah mich an, sah meinen Vater an, sah seine Lippen an, sah meine Lippen an, sah seine Nase an, sah meine Nase an, und sogleich bemerkte ich, wie Recht meine Mutter hatte, wie sehr ihre Worte der perfekten Wirklichkeit entsprachen, wie ein Ei dem anderen, hätte ich beinah gesagt, vor dem Spiegel stehend, wie ein Ei dem anderen glichen wir uns. Als ich sah, was ich sah, stieß ich meinen Vater fort, stieß ihn hart und grob zur Seite, indem ich ihn an der Schulter packte und einfach wegwarf. Er fiel auch gleich zu Boden in seinem Alter, kam mit dem Kopf kurz an den kleinen Schuhschrank zu knacken, auf dem dieses hässliche Ziegenfell liegt, dieses abgrundtief hässliche Ziegenfell, er schrie, mein Vater, aber nur kurz, Blut floss keins, und ich sah auch nicht auf den Vater, der da lag und wimmerte – ein wenig erbärmlich, scheint's mir heute, so gar nicht eines Vaters würdig –, ich sah ihn also ganz und gar nicht an, sondern nur mich im Spiegel, gleichwohl sprach ich zu ihm, dem Vater: Was brauch ich dich noch, wenn du bist wie ich selbst.

In dieser Sekunde am Spiegel, der, wie ich jetzt weiß, wichtigsten und bedeutendsten Lebenssekunde, in dieser Sekunde am Spiegel also begriff ich plötzlich, nein, ich muss vielmehr sagen, wurde mir die Gewissheit zuteil, die unumstößliche Gewissheit – das heißt, eine Gewissheit, die sich nicht so leicht hätte umstoßen lassen wie mein Vater vor wenigen Momenten, (der lag noch da und – etwas peinlich ist's mir schon für ihn – weinte) –, die Gewissheit also, dass diese ganze verdammte Welt, die ich bislang als die äußere und äußerste Realität und Wahrheit angenommen und angesehen habe, aus nichts anderem bestand als aus – mir selbst. Ein ungeheures Glücksgefühl ergriff mich, und dieses Glücksgefühl wurde noch gesteigert durch den sofort gefassten, ich will fast sagen, gepackten, buchstäblich am Schopf gepackten Entschluss – so wie ich übrigens auch meinen Vater am Schopf packte und ihn zur Mutter zurück in die Küche zog, ehe ich auf immer die schwäbische Hütte verließ –, den Entschluss also, mich voll und ganz und für immer und alle Zeit zurückzuziehen von der falschen Welt mit ihren falschen Menschen, die doch allesamt nur Abziehbilder meiner selbst sind, zurückzuziehen an einen möglichst kleinen, engen, abgeschlossenen Ort, an dem mir möglichst wenige dieser Truggebilde, die sich für wahr und echt halten, begegnen können, an einen unerreichbaren Ort, an den sich niemand wagt, an einen Ort wie dieser hier, wie die Anstalt in Bad Schussenried, wohin ich mich gleich, nachdem ich meinen wimmernden Vater der Mutter in den Schoß geworfen hatte, begab, um endlich ganz und gar und ungestört in meiner einzelnen Zelle – die zu ergattern ich allerhand aggressiv-kranken Zirkus zu veranstalten hatte –, um mich also hier zu weiden an der ganzen großen Welt, die ich in den letzten Wochen entdeckt hatte: an mir selbst.

Vom Töten

Am Morgen des siebten April erreichte mich Carola Johanssons Einladung, ein Wochenende in ihrer Villa in Andalusien zu verbringen. Ich lächelte müde, denn es konnte sich nur um einen schlechten Scherz meiner Freunde handeln. Noch Tage zuvor hatten wir in der Kneipe über Carola Johansson gesprochen, es hatte neue Fotos in den Gazetten gegeben, aufgenommen von geschickt versteckten Paparazzi. Meine Freunde hatten mir die Fotos mitgebracht, weil sie meine Schwäche für Carola Johansson kannten, und jetzt hatten sie, wie ich dachte, diese Einladung gefälscht: Ich warf sie in den Mülleimer. Alles, was ich über Carola wusste, alles, was die Menschen überhaupt über sie wussten, basierte auf Gerüchten, die von zweifelhaften Reportern schlagzeilenbreit in die Welt gesetzt und meist Wochen später in einer winzigen Notiz im hinteren Zeitungsteil wieder zurückgenommen wurden. Es schien fast, dass niemand sie persönlich kannte und kaum einer sie je gesehen hatte. Wie sie an ihr offensichtlich riesiges Vermögen gekommen war, lag im Dunkeln. Carola Johansson mied die Öffentlichkeit, und die geheimen Fotos waren oft aus einiger Entfernung aufgenommen worden, sodass man ihre Schönheit, die von den Medien in ein abenteuerliches Licht gerückt wurde, nur erahnen konnte.

Als ich am Abend in der Kneipe saß, sagte ich zunächst nichts von der Einladung und wartete ab, bis, wie ich dachte, meine Freunde von sich aus das Thema auf Carola lenken würden. Das geschah aber nicht, und irgendwann verlor ich die Geduld. Wir hatten schon reichlich getrunken, ehe ich meine Freunde endlich fragte, wer von ihnen mir die gefälschte Einladung geschickt hatte.

»Welche Einladung?« fragte man zurück.

»Die von Carola Johansson«, sagte ich.

»Von Carola *Johansson*???«

Meine Freunde spielten ihre Rolle sehr gut. Bis zum Schluss gab niemand zu, die Einladung geschrieben zu haben. Einer sprach sogar von Gerüchten, die kursierten, Carola Johansson würde ab und zu gänzlich unbekannte, still vor sich hin lebende Menschen zu sich einladen, aus welchen Gründen auch immer. Schließlich gab ich auf, wechselte das Thema und bestellte eine neue Runde.

Wieder zu Hause ließ ich mich in meinen Sessel

fallen. Ich hatte zu viel getrunken, klare Gedanken waren schwer zu fassen, trotzdem stand ich nach einiger Zeit auf, schwankte ein wenig und hielt mich auf meinem Weg in die Küche an Wänden und Möbeln fest, öffnete den Klappmülleimer und fischte zwischen einem feuchten Kaffeefilter und einer harten Brotkruste die Einladung heraus. Ich konnte kaum was erkennen und strich mir über die Augen. Da fiel mir zum ersten Mal auf, dass der Brief eine spanische Briefmarke trug, abgestempelt in Cádiz. Nein, dachte ich, nach Andalusien zu reisen, nur um mich zu verarschen: So weit wären meine Freunde kaum gegangen. Aber, dachte ich, vielleicht hielt sich einer ihrer Bekannten gerade dort auf und hatte den Brief von Spanien aus abgeschickt. Ich setzte mich hin und schrieb, betrunken grinsend, eine Antwort an den Menschen, der sich für Carola Johansson ausgab. Und ich sagte zu. Ich würde mich freuen, schrieb ich, gern käme ich nach Andalusien, in drei Wochen, Ende Mai, während der Pfingstferien. Dann machte ich einen Spaziergang und warf den Brief in den Briefkasten. Die klare Luft tat mir gut.

Der Trott des Lebens holte mich ein, ich arbeitete, verschluckte die Zeit und hatte meine Antwort an Carola Johansson schon fast vergessen, als mich zwei Wochen später ein neuer Brief erreichte, in dem Carola schrieb, dass sie sich freue, mich bald sehen zu können. Dem Brief beigelegt war ein Ticket. Ich solle, schrieb Carola, eine Woche in Andalusien verbringen, für die ersten Tage habe sie mir ein Hotel bei Tarifa reservieren lassen, am Freitag erwarte sie mich dann fürs Wochenende in ihrer »Residenz im andalusischen Hinterland, einsam, still und abgelegen«. Ich rief die Fluggesellschaft und die Hotelrezeption an und erhielt die Bestätigung, dass tatsächlich auf meinen Namen Flug und Zimmer gebucht worden waren. Da wurde mir klar, dass es sich um ein Missverständnis handeln musste. Vielleicht gab es einen Menschen, der genauso hieß wie ich, es musste jemand sein, den Carola Johansson kannte, eine Verwechslung. Ich hätte ihr also schreiben und das Missverständnis aus der Welt räumen müssen, aber ich dachte nicht daran. Im Gegenteil. Ich saß auf dem Sessel, fächelte mir mit dem Ticket Luft zu und beschloss, so zu tun, als hätte alles seine Richtigkeit.

Es war ein kurzer Flug, erste Klasse, nonstop nach Málaga, wo mich ein Mietwagen erwartete, kein kleiner Renault, kein Fiat Panda kleinste Kategorie, die ich von meinen Billigreisen her kannte, nein, ein BMW-Cabrio, ich ließ das Verdeck ab, und als der Motor ansprang und ich losfuhr, konnte ich es kaum glauben. Ich fuhr nicht gleich nach Tarifa, ich machte einen Umweg, fuhr über Ronda, sah in die Schlucht hinab, fuhr weiter zur Atlantikküste, durch Pinienwälder, Bäume, die wie unzählige, auf große Stiele gesetzte, außerirdische Flugobjekte aussahen, kam an Stränden vorbei, nahezu unberührt. Erst in der Nacht erreichte ich das Hotel. Ich war in einer sogenannten Suite untergebracht und wusste gar nicht, was ich mit all den Zimmern anfangen sollte. Als ich am Morgen auf meinen Balkon trat und das Meer erblickte, blieb ich eine Stunde lang reglos an der Brüstung stehen. Ich verbrachte die ersten Tage wie im Rausch, lag am Strand oder joggte oder sah den Surfern zu, die übers Meer glitten, freute mich über den manchmal noch kühlen Wind, spazierte über eine riesengroße, künstlich angelegte Sanddüne und besichtigte die Überreste einer römischen Hafenstadt. Am Abend lungerte ich in der Hotelbar herum, ich konnte essen und trinken, was ich wollte, selbstverständlich auf Rechnung von Frau Johansson. Irgendwie schien mir alles, was ich sah und erlebte, seltsam vage und verzerrt: Wohin ich auch blickte, ob in die Marmorbecken, in die alten, ungeheure Kostbarkeit ausstrahlenden Schränke oder auf die feinen, seichten Teppiche, alles war so blendend unwirklich, dass mich das

Gefühl beschlich, ich hätte mich selbst in Deutschland zurückgelassen und eine Hülle nach Andalusien geschickt.

Am Freitag erwachte ich mit Kopfschmerzen. Beim Frühstück stellte ich fest, dass meine Hand leicht zitterte. Mir kam kurzzeitig der Gedanke, nach Málaga zurückzufahren und das nächste Flugzeug zu nehmen. Aber die Neugier siegte über die Feigheit. Ich packte meine Sachen und verabschiedete mich vom Portier. Auf dem Parkplatz stand neben meinem Mietwagen eine große, weiße Limousine, vor der zwei Männer in Chauffeursuniform auf mich warteten. Der Ältere sagte, er habe den Auftrag, mich zu Frau Johansson zu bringen. Er nahm mir den Koffer ab und öffnete die hintere Tür. Ich gab den Schlüssel meines BMW-Cabrios seinem Begleiter, stieg in die Limousine und fand mich in geräumigen Ledersesseln wieder, es gab lauwarme Musik und eine satte Bar, ich bediente mich. Der vordere Wagenteil war durch eine Glasscheibe vom hinteren getrennt. Nach einiger Zeit klopfte ich, der Chauffeur drückte auf einen Knopf, die Scheibe surrte herab, und ich fragte ihn, ob er sicher sei, dass er *mich* abzuholen und zu Carola Johansson zu bringen hätte. Ja, sagte er, man habe ihm meinen Namen genannt und ein Bild von mir gegeben.

»Ein Bild?« fragte ich. »Was für ein Bild?«

Er griff neben sich auf den Beifahrersitz und zeigte mir ein Foto, auf dem ich vor dem Eingang meiner Wohnung in Deutschland stand.

»Woher haben Sie das?« rief ich.

»Von Frau Johansson«, war die Antwort. Der Chauffeur sah mich im Rückspiegel an, sagte aber nichts mehr. Die Scheibe fuhr hoch, und ich suchte in der Bar nach einem stärkeren Getränk.

Eine Viertelstunde später erreichten wir die riesigen Mauern eines Anwesens, fuhren eine Weile an ihnen entlang, bis wir zu einem Tor kamen, an dem zwei Wachleute mit Hunden standen. Ich musste aussteigen, man tastete mich ab, durchsuchte den hinteren Wagenteil, nahm meinen Koffer aus dem Kofferraum und öffnete ihn. Einer der Wachmänner sagte schließlich: »Está bien!« Er nickte uns zu, und wir fuhren weiter.

Die Villa war riesig, die Fenster klein, vor der Eingangstür stand ein großer Steinlöwe. Uns öffnete ein Mann. Er trug eine ähnliche Kluft wie der Chauffeur. Er begrüßte mich und sagte, ich solle ihm folgen. Ich drehte mich um und sah, wie der Wagen in einer kleinen Wolke aus Staub verschwand. Dann betrat ich das Haus und hörte die Tür hinter mir zufallen. Für einen Augenblick atmete ich blanke Panik ein. Ich griff hastig zur

Klinke, um wieder nach draußen zu treten und Luft zu holen, hörte aber den Bediensteten, der laut sagte: »Hier entlang, bitte!« Ich schloss die Augen, beruhigte mich, ließ die Klinke los, trat zu dem Mann und vernahm im selben Augenblick ein hässliches, spitzes, schürfendes Geräusch, von draußen, von der Tür her, wusste aber nicht, was es zu bedeuten hatte.

Der Mann führte mich in einen großen, hellen Speiseraum, in dem sich nichts weiter befand als eine Tafel mit neun Stühlen. Wir durchquerten den Raum und betraten die Küche. Sofort fiel mir die riesige Kühltruhe auf, die so groß war, dass ich ohne weiteres drin Platz gefunden hätte. Die Truhe, sagte der Mann, sei gefüllt mit bereits zubereitetem, eingefrorenem Essen. Gern hätte er sich persönlich um mein leibliches Wohl gekümmert, aber die Anweisungen seien eindeutig: Während des gesamten Wochenendes sei das Haus freizuhalten von sämtlichem Dienstpersonal, Frau Johansson wolle allein mit mir die zwei Tage verbringen. Insofern entschuldige er sich für die Unannehmlichkeiten, aber er hoffe, dass ich mich zurechtfände. Das Schlafzimmer, sagte er, liege im oberen Geschoss, auf der rechten Seite, die einzige Tür, die nicht abgeschlossen sei. Ob ich noch Fragen hätte?

»Allerdings«, sagte ich und griff mir an den Hals. »Ich möchte mit Frau Johansson sprechen, und zwar jetzt gleich.«

»Das ist nicht möglich«, sagte der Mann. »Frau Johansson wird erst morgen früh hier eintreffen. Die erste Nacht werden Sie allein im Haus verbringen.«

»Kommt nicht in Frage«, sagte ich.

»Niemand«, sagte der Mann vollkommen ruhig, »niemand«, wiederholte er, »will Sie zu irgendetwas zwingen. Niemand will Sie gegen Ihren Willen hier festhalten. Sie sind frei in Ihrer Entscheidungsgewalt. Bis elf steht unser Chauffeur für Sie bereit, um Sie, wenn Sie es wünschen, zum Flughafen zu fahren, zurück nach Málaga.«

Dabei sah mich der Mann jedoch mit einem Blick an, in dem sein ganzes Erstaunen darüber lag, dass ich eine Einladung Carola Johanssons auszuschlagen auch nur ernsthaft in Erwägung zog, statt hocherfreut den kommenden Tagen entgegenzublicken. Ich solle mir die Sache in Ruhe überlegen, sagte er, es sei ja genügend Zeit, er wolle mir noch einen Cocktail bringen und sich dann verabschieden. Ich zögerte einen Augenblick zu lange, er hatte mich schon stehen lassen, ehe ich etwas hätte entgegnen können. Ein Cocktail, dachte ich, das kann nicht schaden, wenn ich schon mal hier bin.

Doch da schoss mir plötzlich das Geräusch von vorhin durch den Kopf, das Geräusch, das ich an der Eingangstür gehört hatte, und ich wusste jetzt mit erschreckender Sicherheit, dass es nur ein Riegel gewesen sein konnte, ein Riegel, den man von außen vor die Tür geschoben hatte. Ich sprang auf, lief durch die Eingangshalle, griff zur Klinke: Die Tür war offen. Ich trat hinaus, die Sonne brannte stark und hatte die Gegend in Hitze getaucht. Dann sah ich in der Ferne am Tor etwas blitzen, das musste der Wagen des Chauffeurs sein. Es gibt keinen Grund zur Unruhe, sagte ich mir, es ist alles in Ordnung. Ich ging zurück in die Küche, der Bedienstete brachte den Cocktail, verabschiedete sich und ließ mich allein. Ich hörte, wie die Eingangstür sich schloss. Keine weiteren Geräusche. Alles blieb still. Jetzt – glaubte ich dem Mann – war ich allein im Haus. Ich trank.

Nach einer Weile stand ich auf. Neben der Küche, dem Esszimmer und einem riesigen Bad fand ich im Erdgeschoss zwei Wohnräume mit großen Fensterwänden, die in einen riesigen Garten zeigten. Im Garten befand sich ein Pool. Ich bekam Lust zu schwimmen, doch ließen sich die Fensterwände nicht öffnen, ich sah Schienen, in die das Glas eingelassen war, es musste einen elektronischen Mechanismus geben. Ich suchte, fand aber nichts. Ich verließ die Villa durch die Eingangstür und ging ums Haus herum. An der rückwärtigen Seite gab es eine kleine Hecke, durch die ich mich schob und in den Garten gelangte. Der Pool lag jetzt vor mir. Mit einem merkwürdigen Gefühl sah ich nach oben: Dort mussten die Zimmer sein, in denen Carola Johansson lebte, die verschlossenen Räume. Und was, wenn der Bedienstete gelogen hatte? Wenn sie gar nicht fort war? Wenn sie mich beobachtete? Gerade jetzt? Leicht erregt zog ich mich aus und stellte mir vor, wie sie hinter den Vorhängen stand und mir zusah. Ich sprang ins Wasser. Später legte ich mich auf einen Liegestuhl. Ich schlief ein, und als ich erwachte, hatte ich einen Sonnenbrand. Zwei Stunden waren vergangen, meine Brust schmerzte, ich zog mich an, ging in die Küche, aß eine Kleinigkeit und trank dazu Rotwein. Dann saß ich still im Esszimmer. Durchs Fenster fiel das Licht des Nachmittags. Meine Beklemmung wich mehr und mehr einer tiefer liegenden Neugier. Was soll schon passieren? dachte ich. Allein mit Carola in diesem Haus, da besteht keine Gefahr. Und in die Neugier mischte sich ein mir unbekanntes Gefühl von Eitelkeit: Da war *sie*, Carola, die etwas von *mir* zu wollen schien, sie, die Bekannte, im Mittelpunkt Stehende, von mir, dem Namenlosen, dem Unbekannten.

Noch blieb mir der Abend. Ich stieg nach oben. Linker Hand erstreckte sich ein langer Flur mit fünf Türen: Sie waren alle verschlossen. Nach rechts führte eine offen stehende Tür in mein Schlafzimmer mit Bad. Ich setzte mich aufs Bett. Nirgends sah ich einen Fernseher. An der Wand stand ein Schreibtisch, auf dem ein Buch lag. Ich ging hin. Es war kein gedrucktes Buch, sondern ein in Leder geschlagenes, dickes Buch mit dem Titel *Vom Töten*: Handschriften, zusammengebundene Blätter, teils deutsch, teils spanisch, das Buch war nur bis zur Mitte beschrieben, die zweite Hälfte blieb leer, nichts als weiße Blätter, ein Anblick, der mich seltsam berührte. Ich setzte mich und begann sofort zu lesen. Es handelte sich um Berichte von verschiedenen Menschen, mit einer einzigen Gemeinsamkeit: Alle hatten irgendwann einmal irgendwas getötet. Manchmal sprang der Akt des Tötens offensichtlich und klar ins Auge, manchmal merkte ich erst bei genauerem Lesen, dass es sich wohl um ein inneres Töten handelte, ein Töten von Gefühlen. Das Buch ließ mich nicht los, ich las einige Stunden lang, und als ich aufblickte – ich erschrak ein wenig – war es draußen bereits dunkel.

Ich hatte, ohne es zu merken, die Schreibtischlampe angeknipst. Jetzt sah ich auf die Uhr: Es war kurz vor elf. Die Tötungsbeschreibungen hatten meine Fantasie aufgewühlt, und die Dunkelheit, die durch die Fenster drang, war seltsam greifbar. Da wurde mir schlagartig klar, dass ich in diesem Haus, das ich nicht kannte, in diesem Haus, das abgeschlossene Türen hatte, von denen ich nicht wusste, was hinter ihnen lag, in diesem Haus, das einem Menschen gehörte, den ich nie persönlich getroffen hatte, dass ich in diesem Haus eine Nacht allein verbringen musste. Noch war es nicht zu spät, dachte ich, noch wartete der Chauffeur auf mich. Ich lief die Treppe hinab und trat hinaus in die Finsternis. Einen Augenblick hielt ich inne. Ich konnte nichts erkennen. Grillen. Ein Nachtvogel. Die aufgestaute Hitze des Tages. Wenig Wind. Mein Blick tastete wie ein Stock durchs Dunkle. Ich ging Richtung Tor, langsam. Von dort hörte ich einen Wagen, der angelassen wurde, zwei Rücklichter flammten auf und entfernten sich. Und als ich noch überlegte, ob ich laufen oder rufen sollte, hörte ich ein Knurren. Hunde, dachte ich, der Park wimmelt von Hunden. Ich ging langsam zurück, kam ungeschoren zum Haus, schob mich hinein und schloss die Tür. Ich holte zwei Flaschen Rotwein aus der Küche, ließ im ganzen Haus das Licht an und schloss mich ins Schlafzimmer ein, nachdem ich alle Schränke und Ecken untersucht und festgestellt hatte, dass sich niemand im Zimmer befand. Dann leerte ich eine Flasche in kürzester Zeit, hoffte, dass sich der Alkohol auf mich legen und mich schwer und müde machen würde. Ich zog mich aus, legte mich ins Bett, deckte mich nicht zu, da es noch warm war, ich das Fenster aber nicht öffnen wollte, aus Angst, in der Nacht könnte jemand, den ich nicht kannte, zu mir ins Zimmer kriechen.

Ich erwachte, als es draußen schon hell war, ging ins Bad, warf mir Wasser ins Gesicht, zog eine kurze Hose an, schloss die Tür auf, öffnete sie und stand vor Carola Johansson. Wir waren nur eine Handbreit voneinander entfernt, so nah, dass ich ihre Augen sah, ihre Nase, ihren Mund, geöffnet, leicht verschwommen. Sie wich einen Schritt zurück und fragte mich in klarstem Deutsch, ob ich ein paar Bahnen mit ihr schwimmen wolle. Ich nickte mechanisch. Sie drehte sich um und ging hinab. Sie trug einen weißen Bademantel, war barfuß, das Haar rötlich gefärbt, die Schultern seltsam breit. Ich zog eine Badehose an, blickte auf meinen krebsroten Bauch, nahm ein Handtuch und ging hinunter. Sie hatte nicht auf mich gewartet. Die Glastür stand offen, und ich trat in den Garten. Am Beckenrand lag Carolas Bademantel. Sie selber schwamm bereits. Ich stieg die silbergraue Seitentreppe hinab in den Pool. Das Wasser war noch angenehm kühl. Erst als ich an Carola vorbeischwamm, sah ich, dass sie nackt war, ihre Schultern und Arme muskulös. Sie schwamm sehr schnell, und ich bemühte mich, nicht zu sehr zurückzubleiben, wählte aber eine Bahn etwas weiter von ihr entfernt. Sie schwamm, ohne mit mir zu reden. Auch in den Momenten, da unsere Bahnen sich kreuzten, schwamm sie an mir vorbei, ohne mich zu beachten, den Blick nur auf die vor ihr liegenden Züge gerichtet. Eine solche Anstrengung, so früh am Morgen, war ich nicht gewohnt, ich wurde langsamer und hielt mich des Öfteren am Beckenrand fest. Carola dagegen schien von Bahn zu Bahn schneller zu werden, ganz so, als wären die ersten Bahnen nur ein Aufwärmen gewesen und sie würde erst jetzt alles aus sich herausholen.

Nach einer halben Stunde stieg ich erschöpft aus dem Wasser und trocknete mich ab. Von draußen sah ich, wie Carola wendete und plötzlich zu schwimmen aufhörte. Sie hielt sich am Beckenrand fest und zog sich ein wenig aus dem Wasser. Ich konnte den Ansatz ihrer Brust erkennen. Sie legte den Zeigefinger auf die Lippen. Das war ein Zeichen für mich, aber sie sah mich nicht an dabei, sondern blickte auf das entgegengesetzte Beckenende. Eine wilde Ente hatte sich dort auf dem Rasen niedergelassen und watschelte Richtung Pool, blieb kurz am Rand stehen, breitete die Flügel aus und flatterte ins Wasser. Im selben Augenblick tauchte Carola unter. Leise. Ich sah, wie sie in wenigen wuchtigen Stößen lautlos unter Wasser das Schwimmbecken querte, sah von oben ihre kräftigen Oberschenkel und die leicht auseinander klaffende Falte. Die Ente, die im Wasser ihre Federn putzte, wurde plötzlich nach unten gerissen. Ich hörte ein Quaken, kurz, dann war es still. Carola tauchte nicht gleich wieder auf, es verging eine halbe Minute, ehe ihr Kopf durchs Wasser brach. Sie holte tief Luft, sah mich an, streckte mir den rechten Arm entgegen, an den Füßen hatte sie die tote Ente gepackt. »Ungeziefer!« sagte sie. »Wenn man nichts tut, hat man das ganze Becken voll Grütze.« Mit diesen Worten stieg sie aus dem Pool. Sie stand mir nun nackt gegenüber, was ihr nichts auszumachen schien. Sie drückte mir die tote Ente in die Hand, ehe sie ihren Bademantel anzog und ins Haus ging. Ich legte die Ente neben einen Liegestuhl und folgte ihr. Carola saß bereits am Frühstückstisch mit Wurstplatten, Eiern und etwas, das aussah wie Stierhoden. Auch gab es zwei Pötte mit marmeladenähnlichen Pasten, ich setzte mich, nahm ein Brötchen aus dem Korb, bestrich es und fragte: »Pfirsich oder Aprikose?«

»Weder noch«, sagte Carola.

Ich biss ins Brötchen, die Pampe schmeckte alles andere als süß, eher nach Curry und Kreuzkümmel.

»Sondern?« fragte ich kauend.

»Fötus«, sagte sie. »Katze, noch nicht geboren, rausgeschnitten, abgekocht, vermengt mit indischen Gewürzen, Spezialität.«

Ich lächelte gequält, sah sie fragend an, und als sie nickte, ernst und bestätigend, spuckte ich die halbzerkaute Masse auf den Teller. »Was soll das?« rief ich. »Wollen Sie mich vergiften?«

»Warum?« fragte sie. »Nichts schmeckt besser als vor der Geburt Getötetes. Sie essen doch auch Eier, oder?«

Ich schwieg und betrachtete Carola genauer.

»Was wollen Sie von mir?« fragte ich.

»Ich hab Sie beobachten lassen«, sagte Carola Johansson.

Sie trug ihr Haar offen, es war noch nass vom Schwimmen, und einzelne Strähnen hingen ihr ins Gesicht, sodass sie öfter die Haare aus der Stirn streichen musste. Die Finger waren schmal, ihre Arme und Schultern dagegen ließen auch jetzt noch, vom Bademantel bedeckt, erkennen, dass sie gezielten Muskelaufbau zu betreiben schien.

»Beobachten lassen?« flüsterte ich.

Carola kaute und schluckte den letzten Bissen Wurst, sah mich lange an, und eine eiskalte Lust stieg in mir hoch, aufzustehen und mich ihr zu nähern, doch Carola begann plötzlich zu reden, und ich musste mich konzentrieren, um zu verstehen, was sie sagte, sie sprach vom Töten, einfach so, ruhig, sachlich, langsam, ihre Augen fest mit meinen verschränkt, sie nannte sich selbst eine Forscherin auf dem Gebiet des Tötens, eine Sammlerin von Tötungsarten, sie sprach von den unzähligen Weisen zu töten, von der täglichen, der stündlichen Tötungsorgie, die sich weltweit ereigne, sie gab mir allerhand brutale Beispiele, zerpflückte die unerschöpflichen Möglichkeiten des Tötens, sprach auch von eigenen Tötungserfahrungen, wie sie es nannte, und mir wurde immer enger, während sie redete, das Wort töten nahm mir die Luft, das widerliche ö wurde zum aufgerissenen Mund mit zwei entsetzten Augen, ich verstand nichts, hatte keine Ahnung, was sie vorhatte, was sie wollte, was sie bezweckte, und dann, ruckartig, seltsam heftig, da war sie es, die plötzlich aufstand, einen Schritt in meine Richtung tat, während sie ruhig weiterredete, sie kam mir nahe, streckte ihre Hand aus, schob den Stuhl zurück, der schräg neben meinem stand, öffnete eine im Tisch versteckte Schublade, all das, während sie immer noch redete, redete, redete, und ich war erleichtert, dass es nichts weiter war als eine Zeitung, die sie hervorholte, sie legte die zurechtgeknickte Zeitung auf den Tisch, ging dann Richtung Tür, und da sie immer noch weitersprach, in ihrem ruhigen, nüchternen, kalten Ton, auch, als sie schon auf der Schwelle stand und das Zimmer verließ, dachte ich, sie wolle etwas holen, sie würde gleich zurückkommen, sie würde nur kurz ihre Rede unterbrechen, um sofort, nachdem sie zurückgekommen wäre, weiterzureden, und so blieb ich auf dem Stuhl, als hätte sie mit ihren Worten einen Käfig errichtet, in dem ich nun saß.

Carola Johansson kam aber nicht zurück. Ich starrte auf die Tür, durch die sie verschwunden war. Erst nach einer halben Stunde löste sich die Lähmung, es war, als klinge die Wirkung eines Giftstichs ab, und ich richtete meinen Blick auf die Zeitung, die vor mir lag. Ich sah das Bild eines Unfalls: ein ausgebrannter Wagen am Grund einer Schlucht. Dann las ich den Text. Es handelte sich um einen Mietwagen, genauer, um ein BMW-Cabrio. Der Fahrer war vollkommen verbrannt. Die Leiche nicht zu identifizieren. Anhand des Wagens hatte man dennoch herausgefunden, wer der Mann gewesen war. Die Angehörigen des Touristen waren bereits von dessen Tod in Kenntnis gesetzt worden. Die Reste der Leiche befanden sich auf dem Weg nach Deutschland. Ich las den Artikel noch einmal, stand auf, ging zur Tür, öffnete sie, niemand zu sehen. Langsam drückte ich mich aus dem Raum und tastete mich an den Wänden entlang zur Haustür. Sie war offen, ich trat hinaus und ging einige Schritte Richtung Tor, als die Hunde kamen und sich vor mir aufbauten. Sie knurrten nicht, fletschten nicht mal die Zähne, blieben ganz ruhig, sahen mich nur an, fast liebevoll hechelnd. Ich blieb stehen. Zurück zum Haus waren es zwanzig, zum Tor einige hundert Meter. Ich machte einen Schritt nach vorn. Der vorderste Hund verdrehte die Augen, sodass für einen Augenblick das Weiße zu sehen war. Ihm hing plötzlich die Zunge aus dem Maul, und er sabberte. Ich tat einen weiteren Schritt, der Hund bellte, ein einziges Mal nur, als wolle er sagen, für dich streng ich mich nicht weiter an. Leise ging ich zum Haus zurück.

Ich schloss mich in mein Schlafzimmer ein, zog die Vorhänge zu und beobachtete durch einen Spalt die Gegend um den Pool. Nichts tat sich. Ich war allein. Ich war unfähig, einen klaren Gedanken zu fassen. Ich sah nur dieses eine Bild vor mir, Carola Johansson, draußen, im Flur, mit angeschlagenem Gewehr, das linke Auge zusammengekniffen, das rechte vorm Zielfernrohr, darauf wartend, dass sich meine Tür öffnete: Sie würde mich töten können, dachte ich, töten, ohne dass jemand es merkt, es war ganz einfach, ein perfekter Plan. Es wird gut sein, dachte ich, auf die Nacht zu warten. Wenn sich die Dunkelheit übers Haus gelegt hat, wird auch Carola es schwerer haben. Dann sah ich mich im Zimmer um und suchte nach Waffen. Da war die leere Rotweinflasche. Ich zerschlug sie. Über dem Hals blieb eine scharfe Scherbe stehen. Ich bastelte aus der Vorhangkordel eine Schlinge. Ich zertrümmerte einen Stuhl und legte die Stuhlbeine neben Flasche und Schlinge aufs Bett. Das Warten begann. Ich versuchte an etwas zu denken, das mich beruhigen, an das ich mich klammern konnte, ich suchte nach Gewöhnlichkeit, nach dem ruhigen, klaren, glatten Fluss des geregelten Lebens, das mir so vertraut war. Das dämpfte meinen Herzschlag.

Als es dunkel war, legte ich mir die Schlinge um die Schulter, nahm die Flaschenscherbe in die Linke, ein Stuhlbein in die Rechte, öffnete vorsichtig die Tür und trat hinaus. Auf dem Flur war alles schwarz. Ich durchquerte den Gang und zuckte bei jedem Knarzen der Dielen zusammen. Aus der vierten Tür drang durch die Bodenritze Licht. Ich schlich hin, ging in die Knie und spähte durchs Schlüsselloch. Dort, im Zimmer, mir zugewandt, stand Carola, immer noch im weißen Bademantel. Als hätte sie nur auf mein Erscheinen gewartet, drehte sie sich nach rechts zur Wand, legte sich lang und flach auf den Boden und zog eine kleine blaue Kugel und ein chinesisches Essstäbchen hervor. Die Kugel platzierte sie einen halben Meter von der Wand entfernt auf dem Teppichboden. Sie kniff ein Auge zusammen, und ich sah, wie sie, als bereite sie einen Billardstoß vor, das Essstäbchen ein paarmal Richtung Kugel vor- und wieder zurückschob, ohne sie zu berühren. Carola lag da, voll konzentriert, und hielt den Atem an, als das Essstäbchen endlich an die Kugel tippte, die Richtung Wand kullerte und dort in einem Loch verschwand, das ich von meiner Lage aus nicht hatte sehen können. Sekunden verstrichen, ehe die Kugel wieder auftauchte, geschoben von winzigen Schnauzhaaren: Eine Maus bugsierte sie heraus. Carola griff in die Tasche ihres Bademantels und tauschte die Kugel gegen ein Stück Käse. Die Maus kroch mit dem Käse wieder ins Loch. Als sie verschwunden war, drehte Carola den Kopf scharf in meine Richtung und warf ihren Blick wie ein Messer zu mir durchs Schlüsselloch. Ich zuckte zurück, verlor das Gleichgewicht, fiel hin, raffte mich auf, ließ Flaschenscherbe und Stuhlbein liegen, rannte durch den Flur, stieß einige Male an kantige Gegenstände und erreichte mein Schlafzimmer, das ich rasch von innen verriegelte. Die nächste halbe Stunde verbrachte ich damit, das Bild aus meinem Kopf zu streichen, versuchte, mir ihren Blick aus den Augen zu wischen, starrte immer nur auf ein und dieselbe Stelle, nahm aber nichts wahr, absolut nichts, kreiste immer nur um den einen Gedanken: auf keinen Fall die Augen schließen. Wenn du die Augen schließt, dachte ich, holst du sie her. Nur nicht einschlafen, dachte ich. Schläfst du ein, dachte ich, wird sie da sein, wenn du aufwachst. Mit aller Macht versuchte ich, meine wirren Gedanken zu beruhigen, es gelang mir nicht, ich wusste nur, dass ich die Augen offen zu halten hatte, irgendwie, ich musste sie überbrücken, die Nacht, bis zur Sonne. Erst nach einigen Minuten merkte ich, wohin ich die ganze Zeit krampfhaft gestarrt hatte, Richtung Schreibtisch, zum Buch, das immer noch dort lag.

Ich ging hin und öffnete es. Die Augen nicht schließen, dachte ich, die Augen nicht schließen, klare, ruhige Gedanken fassen, um vorbereitet zu sein, auf das, was noch kommen wird. Ich nahm einen Stift vom Tisch und begann zu schreiben, ohne nachzudenken, gleich, sofort, ich schrieb über das, was auf dem Spiel stand, ich schrieb über das Leben, ich schrieb über mein Leben, ich schrieb wie selbstverständlich über das Beruhigendste, das

Sicherste, das Friedlichste, das man sich vorstellen kann, über einen meiner so unendlich gleichen Tage zu Hause. Ich zerpflückte minutiös einen dieser so gewöhnlichen Tage vom morgendlichen Aufstehen über das Ausquetschen der Zahnpastatube, das Waschen und Rasieren, alle Kleinigkeiten des Alltags. Ich wühlte mich regelrecht hinein in diesen Tag, beschrieb die monotonen Straßenbahnfahrten zur Arbeit, die endlos langen, sich zäh ziehenden Stunden, in denen ich massenhaft Akten zu bearbeiten hatte. Ich beschrieb das Lesen, das Unterstreichen, das Abtrennen von Durchschlägen, das Einordnen, das nicht enden wollende Stempeln mit dem Eingangsstempel, dem Bearbeitungsstempel, dem Datumsstempel, dem Erledigtstempel, dem Zurückstempel, alles vollkommen gleichförmig, gleichfarbig, ein Tag schlurfte im selben abgetragenen Gewand heran wie der nächste. Ich beschrieb auf haargenaue Weise, wie die Stempel sich anfühlten, wie sie aussahen, wie sie rochen, ich beschrieb jeden einzelnen dieser Stempel, die ich regelmäßig an dieselbe Stelle der eingehenden Akten zu drücken hatte, ich schrieb sozusagen in Echtzeit und holte mir im ewig langen Beschreiben die Langeweile selber an den Schreibtisch. Als ich meinen kompletten Bürotag in einer ans Wahnsinnige grenzenden Ausführlichkeit ausgemalt hatte, schrieb ich mich endlich aus dem Büro heraus und bestellte mir schreibend etwas zu essen, aß in allen Wirtschaftseinzelheiten, bis hin zum Zahnstocher, mit dem ich kleine Fleischfäden aus den Zahnzwischenräumen pulte, schrieb mich dann in meine täglichen Kneipenbesuche, kippte im Schreiben meine täglichen Biere, schrieb mich besoffen, merkte, wie die Schrift immer öfter auf dem Papier ausrutschte, stolperte, sich wieder aufraffte, torkelte, Worte verlor, ich schrieb mich mit letzter Kraft ins Bett, verfluchte den nächsten Morgen und tippte ihn als Zahl in den Wecker, ehe ich mich fragte, warum es jemanden wie mich überhaupt gab.

Als ich erwachte, war sie da. Ich wusste nicht mehr, wann ich zu schreiben aufgehört hatte, wann ich ins Bett gegangen und wann ich eingeschlafen war. Ich wusste nur: Sie war da. Ich wusste es, obwohl ich die Augen fest zusammengepresst hielt. Denn ich dachte plötzlich: Sie ist nur da, wenn ich sie sehe, sie ist nur da, wenn ich die Augen öffne. Ich regte mich nicht. Ich tat, als schliefe ich. Ich glaubte zu spüren, wie ihre Hände über meinem Körper lagen. Ich spürte nicht wirklich den Druck ihrer Finger, es war, als hielte sie die Hände einige Millimeter über meiner Haut, sodass meine Härchen sich aufrichteten. Dann ihr Atem. Seltsam kalt und frisch. Und überall. Als fahre, ganz langsam, ihr Mund meinen Körper entlang. Nach einiger Zeit merkte ich, wie sie sich zurückzog. Es wurde wärmer. Ich hörte etwas, vom Schreibtisch her. Meine Augen blieben fest verschlossen. Nur nicht die Augen öffnen, dachte ich, nur nicht die Augen öffnen.

Ich schlief nicht mehr in dieser Nacht. Keine Sekunde. Ich lag auf dem Rücken. Vögel wachten auf und sorgten für die Geräusche des Morgens. Mit geschlossenen Augen verließ ich das Bett und tastete mich zum Fenster. Schob die Vorhänge beiseite. Hinter den Lidern wurde es orangerot. Licht flutete mich. Endlich. Wie durch schlecht geschlossene Schotten brach es zu mir herein, und ich blickte. Sah zunächst nichts, hielt mir die Hand vor die verschleierten Augen, kniff sie zusammen, drehte mich um, sah ins Zimmer, es war niemand da, und das Buch war fort.

Es hat keinen Zweck, dachte ich. Ich muss mich fügen. Irgendwann, dachte ich, wirst du das Zimmer verlassen. Verlassen müssen. Es hat keinen Zweck. Es gibt keinen Ausweg. Ich öffnete die Tür, war auf alles gefasst, aber nichts geschah. Wartete eine Weile: Stille. Dann ging ich hinab zum Pool. Niemand hinderte mich. Ich schwamm. Ich schwamm in allergrößter Langsamkeit, ruhte ab und zu aus, alles in allem war ich wohl zwei Stunden im Wasser, die Sonne zerbrannte mir den Kopf, aber ich war mir sicher: Das hier sind meine letzten Züge.

Doch plötzlich trat der Chauffeur an den Rand des Beckens, er hatte meinen Koffer und meine Sachen dabei. »Ihr Flieger«, sagte er. Ich stieg aus dem Wasser, zog mich an, fragte nichts, nahm den Koffer und folgte dem Chauffeur zu seinem Wagen. Keine Hunde weit und breit. Der Chauffeur hielt mir die Tür auf, ich stieg ein. Der Mann sagte kein Wort auf der Fahrt nach Málaga. Am Flughafen zog er einen Brief aus der Tasche, reichte ihn mir und verabschiedete sich mit einem Nicken. Ich gab meinen Koffer auf, saß in der Halle und wartete. Eine Weile fächelte ich mir mit dem Brief Luft zu, dann öffnete ich ihn. Drin war eine geknickte, weiße Karte, schwarz umrandet. Drauf war ein Kreuz zu sehen. Und über das Kreuz hatte Carola gekritzelt: »Als Dank für Ihren Text zum Töten.« Ich klappte die Karte auf und las die Einladung, las meinen Namen, las die üblichen Trauerworte, las den Termin für die Beerdigung, für meine Beerdigung. Übermorgen. In Deutschland. Und dann malte ich mir aus, wie ich hinter einem Baum stehe, auf dem Friedhof, eine Sonnenbrille, ein Hut, der

Blick auf meinen Sarg gerichtet, der langsam ins Grab taucht, und ich: erregt, seltsam erleichtert, endlich tot zu sein.

Konrad spricht

Mein Problem ist, dass ich es nicht übers Herz bringe. Er sitzt hier seit zwei Stunden. Er hört nicht auf. Er hat noch kein einziges Mal Luft geholt, scheint es. Hätte ich gewusst, dass *er* es ist, wäre ich gar nicht erst an den Türsprecher gegangen. Aber er hat mich überrumpelt, er ist zu einer Zeit gekommen, da ich nicht mit ihm habe rechnen können. Er hat in dem Augenblick geklingelt, als ein erster Krampf im Bauch meine Tage ankündigte. Ich habe ein Ja? in den Sprechanlagenhörer gesprochen und nicht eine Sekunde lang gedacht, dass *er* es sein könnte. Aber dann diese Stimme. Das erste Mal an diesem Tag seine Stimme, ein helles, piepsendes Ich bin's, mit Betonung auf dem Ich. Keine Erklärung, warum er so früh am Tag schon vor der Tür steht. Ich habe den Türöffner gedrückt, und während des Türöffnerkrächzens hörte ich durch die Sprechanlage hindurch, wie unten die Tür aufklackte, und weiterhin sah ich nun förmlich durch die Sprechanlage hindurch, wie sich sein Körper durch die Haustür schob.

Plötzlich erschien mir die Abbildung eines Schlüssels auf einem Türöffnerknopf vollkommen lächerlich. Es gibt nur einen einzigen Knopf auf einer Türöffnungsanlage, und wozu sonst sollte der einzige Knopf einer Türöffnungsanlage dienen als zum Öffnen der Tür? Und warum sollte ausgerechnet das Symbol eines Schlüssels dem Benutzer eines Türöffnerknopfes sagen, dass sich beim Betätigen die Tür öffnet? Wenn man schon etwas hätte abbilden müssen auf dem Türöffnerknopf, so höchstens eine geöffnete Tür, nicht aber einen Schlüssel, man schließt die Tür ja nicht ab, indem man den Knopf drückt, sondern man öffnet sie. Ich denke aber, dass mir solche Gedanken immer nur kommen, wenn ich mich von etwas ablenken will, in diesem Fall kamen mir die Gedanken, um mich vom Geräusch seiner schlurfenden Schritte abzulenken, mir kamen die Gedanken, weil ich nicht wahrnehmen wollte, was ich immer wahrnehmen muss, wenn er mich besucht, nämlich die langsame, stiefelnde, die Ankunft geradezu absichtlich hinauszögernde Schrittfrequenz, die seine Lammlederschuhe auf den Holzstiegen machen. Dann sah ich ihn. Er trug wie immer einen Anzug. An diesem Tag einen braunen Anzug, den ich noch nie an ihm gesehen hatte. Er zählt ohne Zweifel zu den Männern, die Anzüge tragen können. Die Hosen nicht zu eng geschnitten, eine adrette Weste, die man unterm geöffneten Jackett erkennen konnte, die Krawatte nicht von einer Krawattennadel festgemacht, sondern unter die Weste gesteckt, glücklicherweise, muss ich sagen, denn es war die gelbe, an Hässlichkeit nicht zu übertreffende Weihnachtsgeschenkkrawatte, die seine Mutter ihm im letzten Jahr geschickt hat und die selbstverständlich überhaupt nicht zu dem braunen Anzug passt. Während ich mich also in die Betrachtung des Anzugs verlor, hatte ich äußerlich bereits jenes Wäscheleinelächeln ins Gesicht gespannt, für das ich mich hasse, das aber für ihn nichts anderes bedeutet als: Willkommen. Ich bin sogar einen Schritt zu ihm hinaus auf den Flur getreten, bin ihm sozusagen entgegengekommen, habe das Unvermeidliche nicht nur zu vermeiden versucht, sondern bin vorauseilend auf das Unvermeidliche zugelaufen, und das Unvermeidliche ist eine intime Berührung, eigentlich nichts weiter als eine unverbindliche Umarmung, die aber von Konrad jedes Mal schamlos ausgenutzt wird, indem er nicht nur seine kurzen, zigarrendicken Finger so in meinen Rücken klemmt, dass er für einen Augenblick durch die Bluse hindurch den Haken meines Push-ups ertastet, sondern mich auch so sehr an sich zieht, dass meine Brüste sich an seine Brust pressen. Bei der

Umarmung roch ich sein Aftershave. Dem Riechen seines Aftershaves versuche ich immer zu entgehen, indem ich im Moment der Umarmung durch den Mund einatme, jetzt aber wurde ich von einem Bauchkrampf übelster Sorte erwischt, ich vergaß, die Nase zu schließen, roch sein Aftershave und war froh, eine Vorsichtsbinde in meinen Second-Skin-Slip gesteckt zu haben. Sein Aftershave, muss man sagen, riecht nicht schlecht. Es ist eine Mischung aus Kirsche, Erde, etwas Nass-Holzigem und einem leicht störenden Hauch von Gorgonzola-Käse. Aber dieser Geruch ist für mich unwiderruflich mit der Person Konrads verbunden, sodass ich, wenn ich den Geruch wahrnehme, sogleich in Alarmbereitschaft gehe. Ich trennte mich aus der Umarmung, immer noch lächelnd, nein, man muss sagen, grinsend – mein erster Freund hatte es, kurz vor der Trennung, auf den Punkt gebracht, als er sagte, ich kann dein blödes Grinsen nicht mehr sehen, und dieses Grinsen, so sehr ich mich auch bemühe, ist nur schwer aus meinem Gesicht zu wischen –, jedenfalls bat ich Konrad herein, und er setzte sich. Ich fragte ihn die übliche Frage: Willst du Tee? Ich frage ihn jedes Mal, ob er Tee will, obwohl ich genau weiß, dass er Tee hasst, manchmal frage ich auch, ob er lieber Früchtetee oder Grünen Tee will, oder ich sage, ich habe gerade Tee gemacht, willst du einen mittrinken? Er schüttelt jedes Mal den Kopf und sagt, er trinkt keinen Tee, er trinkt lieber Kaffee. Dann gehe ich zur Maschine und bereite den Kaffee vor. Während die Kaffeemaschine läuft, fragt er mich im Gegenzug jedes Mal nach einem Aschenbecher. Er weiß, dass ich noch nie einen Aschenbecher besessen habe, und das ist seine geheime Revanche für meine Teefrage. Ich nehme eine Untertasse aus dem Schrank und stelle sie ihm hin. Dann raucht er. Ich schütte den Kaffee ein, kippe das Fenster und setze mich ihm gegenüber. Dieses letzte Hinsetzen ist wie der Gang aufs Schafott, denn ich weiß, was nun kommt. Er schweigt zunächst. Das Schweigen scheint für ihn nichts anderes zu sein als ein tiefes Luftholen, eine immense Vorbereitung, ein inneres Wortezurechtlegen. Ich erschrecke jedes Mal vor diesem Schweigen und hoffe, dass er so schnell wie möglich mit dem Reden beginnt, denn wenn er so schnell wie möglich mit dem Reden beginnt, wird das Reden umso schneller wieder enden, und außerdem hat sich im Lauf seiner Besuche mein Eindruck verfestigt, dass er umso länger redet, je länger er sich in vorbereitendes Schweigen hüllt. Er hat die Zigarette zu Ende geraucht. Er hat sie im Unterteller ausgedrückt. Sie kokelt noch. Ich möchte hingreifen und sie richtig ausdrücken, aber in diesem Augenblick beginnt er zu reden. Er hat den Stuhl ein wenig zurückgeschoben, sich zurückgelehnt und den linken Fuß über das rechte Knie gelegt, sodass sein Schuh zu sehen ist. Wir sitzen in der Küche. Ich kann ihn nicht ins Wohnzimmer lassen. Einmal nur habe ich ihn ins Wohnzimmer gelassen, da ist er in meinem Wohnzimmersessel so sehr versunken, dass er fünf Stunden geredet hat, ohne sich zu bewegen, ohne aufzustehen. Seitdem lasse ich ihn nur noch in die Küche, wo er meistens zwei Stunden bleibt, höchstens drei. Wenn er zu reden beginnt, achte ich zunächst auf seine Stimme. Von Natur aus ist seine Stimme dünn. Sie ist schmierig, schwammig, piepsig, fisselig. Ich hasse seine Stimme. Sie bringt den Raum durch eine Art religiösen Singsang in eine Schwingung, die mich an meine Kindheit erinnert, eine Kindheit, die sich abgespielt hat in einem protestantischen Dorfgrab und über die ich nicht reden kann, nie geredet habe, nicht, weil etwas Schreckliches vorgefallen wäre, sondern weil nichts geschehen ist in meiner Kindheit, weil nur zähe, lange, endlos lange Jahre des Nichtgeschehens an mir vorbeigezogen sind, weil, wenn ich mich an meine Kindheit erinnern will, ich mich an nichts erinnern kann, nicht aufgrund irgendwelcher Verdrängungsmechanismen, sondern weil einfach überhaupt nichts geschehen ist, was der Erinnerung so wertvoll gewesen wäre, dass sie ihre Saugkraft darauf gerichtet hätte. Manchmal wünschte ich mir, ich hätte eine verhunzte Kindheit gehabt, eine Kindheit, die man *aufarbeiten* kann, stattdessen aber gibt es in meinem Fall nur ein Kindheitsloch, ein jahrelanges Nichtgelebthaben, eine Kindheitsamputation. Konrads Singsang ist wie ein nasskalter, sich endlos ziehender Kaugummifaden, der aus seinem Mund zirpt und sich um mich legt, mich regelrecht auf meinem Stuhl festwickelt. Ich werfe einen flüchtigen Blick zur Uhr, es ist jetzt zehn. Bis um eins, schätze ich, ist mein Leben nun vorgegeben. Bis um eins wird er hier sitzen und reden, und ich werde hier sitzen und zuhören oder zumindest so tun, als hörte ich zu, denn von Zuhören war noch nie die Rede. Es gibt feste Regeln. Ich weiß, dass ich ihn nur ein einziges Mal unterbrechen darf, und zwar, wenn ich zur Toilette muss. Bis es so weit ist, dauert es noch. Ich überschlage die Zeit. Halb zwölf, sage ich mir. Um halb zwölf werde ich zur Toilette gehen. Konrad redet von seiner Beziehung. Mit niemandem, sagt Konrad, könne er so gut über seine Beziehung reden wie mit mir. Überhaupt noch nie habe er mit jemandem so gut reden können, er kenne das nicht, sagt Konrad immer, er habe nur männliche Freunde in seinem Bekanntenkreis, da rede man über solche Dinge anders, mit mir aber könne er ganz unverblümt reden, und zwar über alles. Selbst über die intimsten Dinge. Sogar über Sexualität. Das liege zweifelsohne an unserer Vergangenheit, sagt er und blinzelt mir zu. Plötzlich rieche ich etwas. Das ist ekelhaft. Ich atme tief durch die Nase ein. Es riecht nach Scheiße. Ich schwenke meinen Blick durch die Küche, während Konrad weiterredet und sich eine Zigarette nach der anderen ansteckt, aber immer weiterredet, auch wenn die Zigarette zwischen seinen Lippen wippt, es scheint, als brauche er keine Pausen, kein Verschnaufen, es scheint, als setze die Atmung bei ihm aus, während er redet. Ich sehe plötzlich die Quelle des Gestanks. Es ist sein Schuh. Konrad ist eindeutig in Hundescheiße getreten und hat es nicht gemerkt. In den Rillen seiner Sohle klebt ein platt gedrückter Kackekeks. Von dort aus weht der Gestank zu mir. Er riecht es nicht. Jetzt spricht er von Heikes Paranoiaanfällen. Jedes Mal spricht er davon, dass Heike mitten in der Nacht aufspringt und schreit. Er muss ihr den Mund zuhalten. Da ist jemand im Garten, flüstert sie dann durch seine Handritzen hindurch, und er muss aufstehen, muss die Gartenbeleuchtung anschalten, muss sich irgendwas überwerfen, muss sogar sein Gewehr aus dem Waffenschrank holen –

er ist Hobbyjäger –, muss mit Gewehr bewaffnet im Garten nachsehen, bis Heike sich wieder beruhigt. Wenn sie wüsste, dass Konrad hier ist, bei mir. Ich wage nicht, mir die Folgen des Wenn-Satzes auszumalen. Stattdessen beobachte ich seinen Schuh. Es ist etwas, das mich ablenkt. Wann immer er redet, suche ich nach etwas, das mich ablenkt. Ohne dass Konrad es merkt. Denn hinein zu mir, in meinen Kopf, kann er nicht. Er kann in meine Wohnung, das ja, nicht aber in meinen Kopf, und er kann auch nicht sehen, dass ich, während ich ihm scheinbar zuhöre und meine Augen auf ihn gerichtet sind, Kamerafahrten übe, also zum Beispiel gerade unter den Tisch tauche und mich seinen Beinen nähere. Von unterm Tisch nehme ich die Szene auf und bringe meine Augen weiter nach vorn, schwenke an seinem Bein hoch, an seinem Rücken, hoch zum Kragen, ich sehe ihn von hinten und im Fond mich selbst dort sitzen. Aber ich halte es nicht aus, mich selbst dort sitzen zu sehen. Ich höre das helle Wabern der Konradstimme, schwenke zum Fenster und sehe sofort den Jungen: Er läuft von links ins Bild, kommt zu der alten Kastanie im Hof, beugt sich, knickt zusammen und spuckt etwas aus, das dauert nur kurz, dann dreht er sich wieder und läuft aus dem Bild. In diesem Augenblick fällt die Kamera aus dem Fenster.

Das passiert immer, wenn Konrad mir eine Frage stellt und mich mit der Frage zurückzwingt. Zwar habe ich nicht verstanden, *was* er gefragt hat, aber meine auf Standby geschalteten Ohren haben am Ton seiner Stimme erkannt, *dass* er gefragt hat und mich nun anschaut. Konrads wenige Fragen, die er in seine Monologe einbaut, sind allesamt mit Ja oder Nein zu beantworten. Meistens mit Ja. So auch jetzt. Er nickt bestätigt. Und erzählt weiter. Erzählt von den Eskapaden, die Heike sich leistet. Erzählt davon, wie sie ihn, Konrad, beinah mit einer Axt erschlagen hätte, als er einmal nicht wie angekündigt um zweiundzwanzig Uhr von einer Sitzung nach Hause zurückgekommen ist, sondern bereits um zwanzig Uhr, weil die entsprechende Sitzung ausgefallen war und er, Konrad, vergessen hatte, Heike anzurufen, das heißt, vorzuwarnen und davon in Kenntnis zu setzen, dass er früher nach Hause kommen würde, und Heike hatte gedacht, dass es sich bei ihm, Konrad, um einen Einbrecher handelte, sodass sie ihm die Axt auf den Kopf geschmettert und ihn auch getroffen und damit aus dem Leben hinausbefördert hätte, wenn sie nicht glücklicherweise irgendwie am Garderobenständer oder sonst wo hängen geblieben wäre. Konrad hat mir die Geschichte schon viermal erzählt, zugehört habe ich nur einmal, geglaubt habe ich sie nicht. Auch jetzt kann ich wieder aus der Geschichte gleiten und mich auf meine Bauchschmerzen konzentrieren. Die werden heftiger. Eine Herde von Riesentieren zieht durch den Bauch, immer von rechts nach links, als sprängen sie links aus dem Körper und trotteten um ihn herum, um sich rechts wieder reinzubohren. Ich habe plötzlich das Gefühl, Konrad von meinen Schmerzen in Kenntnis setzen zu müssen, und lege mir die Hand unmissverständlich auf den Bauch. Diese Geste, denke ich, müsste doch reichen für eine Frage seinerseits, wenigstens eine Bemerkung, aber nichts, er hält sich weiter an seine Axtgeschichte, er hat kein Auge für die Kleinigkeiten, für die unscheinbaren Gesten. Plötzlich sehe ich Konrads Gesicht ganz nah vor mir, in Großaufnahme. Es ist ein erschreckendes Gesicht. Ein hässliches Gesicht. Mir wird schlecht, wenn ich daran denke, dass ich dieses Gesicht einmal geküsst habe, dass ich mich von diesen schwulstigen Lippen, die dick und aufgeplatzt sind wie zerkochte Würste, habe küssen lassen und dabei sogar so etwas wie Lust verspürte. Die Brille in seinem Gesicht ist eine Brille, von der man nicht glaubt, dass es eine solche Brille geben kann, wenn man sie nicht selbst gesehen hat. Damit meine ich nicht das altmodische Gestell, sondern den Dreck, der sich vom fetttriefenden Nasenhöcker auf der Brille abgelagert hat, ein unglaublich schmieriger Knös, den sich Konrad nie die Mühe gemacht hat, abzuschaben. Er trinkt den Kaffee schwarz. Ich stelle ihm nie Zucker hin. Er hat mehrere Male nach Zucker gefragt bei seinen ersten Besuchen, aber ich habe immer gesagt, Zucker sei das Tödlichste, Zucker vernichte die Zähne, den Insulinspiegel, das Herz und den Körper im Allgemeinen. Zucker komme mir nicht ins Haus. Dabei ist das gelogen. Ich habe immer genügend Zucker im Schrank. Doch ich kann nur rebellieren, wenn niemand es merkt. Redet er immer noch von der Axt? Er muss doch irgendwann die Axt-Geschichte zu Ende erzählt haben! Seit wie vielen Stunden höre ich immer noch dieses eine Wort: Axt? Ich sehe unauffällig zur Uhr und merke, dass so viel Zeit bislang gar nicht verstrichen ist. Er hat plötzlich meine Hand zwischen seinen zigarrendicken, kurzen Fingern. Er hält sie ganz fest. Er hat sich zu mir hinübergebeugt, ohne den Scheißeschuh zu bewegen, hat kurz aufgehört zu reden, hat die Hand gepackt wie ein Hund einen Knochen packt. Er spricht jetzt von Wahrsagern, von Handtellerlesern. Er breitet meine Hand aus, faltet sie auseinander, fängt an, die Linien auszupopeln, die er sieht, und ich muss ein Klopfen im Hals verschlucken. Er macht nun allerhand Bemerkungen über ein Esoterikbuch, das er gelesen hat. Keine Ahnung, wie er auf so was verfallen ist. Ich habe dafür keinen Sinn. Seine Hand fühlt sich pappig an. Nicht feucht, eher trocken, knirschend, rau, ich warte darauf, dass er meine Finger wieder freigibt. Das dauert eine Weile. Was wir beide nicht wissen: Heike ist auf dem Weg hierher. Sie sitzt in ihrem Auto. Sie hat einen Badmintonkoffer dabei. Im Badmintonkoffer befinden sich weder Badmintonschläger noch Sportklamotten noch Federbälle noch Turnschuhe. Meine Adresse kennt sie schon seit einem Tag. Sie kommt langsam näher. Jetzt sind anderthalb Stunden vergangen. Ich stehe auf und unterbreche Konrad. Ich sage ihm, ich muss ins Bad. Dort schaue ich in den Spiegel. Mein Problem ist, dass ich es nicht übers Herz bringe. Ich könnte ganz ruhig sagen, Konrad, bitte geh und komm nie wieder. Es wäre so einfach. Alles in Ordnung? ruft Konrad von draußen. Er ruft immer, alles in Ordnung? Immer, wenn ich eine Minute länger im Bad bin, als er es sich vorstellen kann. Ja, rufe ich zurück, alles in Ordnung. Ich öffne die Badezimmertür und gehe um ihn herum auf meinen Stuhl. Jetzt sagt er: Heike spricht in der Nacht. Einmal ist er schweißgebadet aufgewacht und aufgestanden und hat sich eine frische Pyjamajacke über den Kopf gezogen, und

Heike hat gerufen: Mach ihn fertig, schlag ihn tot, die Sau! Heike hatte – wie sie am Morgen sagte – ihn und die Pyjamajacke für zwei miteinander ringende Männer gehalten, hatte aber nicht etwa Konrad angefeuert, sondern den anderen Mann. Konrad fragt mich, wie er aus einem solchen Menschen schlau werden soll? Einerseits die panische Angst vor Einbrechern. Andererseits feuert sie den Einbrecher im Schlaf an und hetzt ihn auf, gegen den eigenen Mann. Er hat keine Ahnung, sagt er, wie lange er es noch mit Heike aushalten wird. Jetzt spricht er wieder davon, wie Heike als Kind ihre eigene Mutter erhängt vorgefunden hat, die Geschichte ist alt, ich kenne sie, Heike, vier Jahre alt, zieht Duschvorhang weg, ihre Mutter baumelt, ist traumatisch natürlich nicht von der Hand zu weisen, während meine eigene Kindheit, aber das sagte ich bereits. Heike ist nicht mehr weit von meiner Wohnung entfernt, steuert ruhig auf meine Wohnung zu, ab und an legt sie ihre Hand auf den Badmintonkoffer. Konrad spricht von Freundschaft. Er spricht von der Größe unserer Freundschaft. Er spricht davon, wie sehr er mich braucht. Wie froh er ist, einen Menschen wie mich zu haben. Aber die Art und Weise, wie er all das sagt, überzieht mich mit einer Schneckenspur des Ekels. Er sagt es beiläufig, während er raucht und mich nicht einmal anschaut dabei, er sagt es, während er die Asche abstreift und hustet, er sagt es, während er plötzlich zu schnüffeln beginnt und seinen Schuh leicht anhebt, endlich die Scheiße sieht und so tut, als sähe er sie nicht, er sagt es, während er den Fuß unter den Tisch stellt, und – ich höre es deutlich – mit leichten Schabbewegungen die Scheiße auf meinem Küchenboden abzureiben versucht. Heike steigt gerade die Treppen hoch zu uns. Sie geht langsam. Sie trägt den Badmintonkoffer. Sie ist ganz ruhig. Die Wohnungstür ist nur angelehnt. Heike öffnet sie, ohne Gewalt anzuwenden. Jetzt sehe ich sie. Ich kann aber nichts sagen, ich freue mich zu sehr, sie zu sehen. Und sie legt verschwörerisch den Finger auf die Lippen. Sie steht in Konrads Rücken. Der redet immer noch. Es ist jetzt Viertel nach zwölf. Heike hat den Badmintonkoffer auf den Boden gelegt. Sie hat sich die Ärmel hochgekrempelt. Sie tut alles sehr langsam. Ihr Mann hört sie nicht, weil er raucht und laut spricht. Er spricht gerade von seinen beruflichen Erfolgen. Er spricht davon, wie er in fünfundvierzig Minuten vier Geschäfte abgeschlossen hat, wie er mit links die Leute von den Stärken seiner Firma überzeugt hat, wie er im Handumdrehen die vier Geschäftsleute am Telefon geradezu überrumpelt und mit der Brillanz seiner Argumentation erschlagen hat, wie die vier überhaupt nicht mehr anders gekonnt haben, als seiner Firma den Zuschlag zu geben, in fünfundvierzig Minuten, sagt er, das müsse man sich vorstellen, er, Konrad, habe sich in einen regelrechten Verkaufsgesprächsrausch gesteigert, die anderen wären am Ende der Gespräche am Boden zerstört gewesen, so sehr, dass sie, allein um aus dem Gespräch herauszukommen, schon zugesagt hätten. Während Konrad all das erzählt, hat Heike in seinem Rücken den Badmintonkoffer geöffnet, hat aus dem Badmintonkoffer nicht etwa das Gewehr herausgeholt, wie ich vermutet habe, sondern die Axt. Sie ist Linkshänderin und führt das Beil mit der Linken, erschlägt Konrad sozusagen mit links, macht aber vor dem entscheidenden Schlag noch ein paar Atemübungen, geht sogar zweimal in die Beuge, ehe sie sich zu voller Größe aufrichtet und endlich die Axt mit aller Kraft auf den Konradschädel niedersausen lässt, sodass der Schädel sich in zwei Hälften spaltet, aber Konrad spricht einfach weiter, mit nach rechts und links kippenden Gesichtshälften spricht er weiter, es stört ihn nicht, dass die Brille beim Auseinanderkippen des eigenen Kopfes von seinem Gesicht flutscht wie ein gespanntes Einmachgummi, es stört ihn nicht, dass aus seinem gespaltenen Mund nun mit den Worten auch noch Blut fließt, und ich öffne die

Lippen, ihm endlich zu sagen, was ich sagen will, sagen muss, unbedingt, doch da schaut er mich plötzlich an, stoppt den Fluss seiner Rede und fragt mich, wie es mir geht.

Das Diktat

Niemand ist besser vorbereitet. Wenn man sie anschaut, von außen, ihren Rucksack, blau, die Schulsachen verstaut, sauber, das Haar zum Zopf geflochten, der Schritt stechend, zielgerichtet, durch Park, Morgentau und Kühle. Nichts scheint sie aufzuhalten. Die Note steht schon vorher fest. Neue Wörter sitzen ihr wie Pfeile im Köcher. Die exakte Reihenfolge der Buchstaben ist unumstößlich. Doch Mara hält inne. Die Bank ist feucht, ihre Hände verwischen die Nässe und legen sich flach aufs Holz, unter die Oberschenkel. Ihre Augen schließen sich. Jetzt schnuppert sie, atmet tiefer ein, hier, im Park, herrscht ordentliche Morgenfrische. Maras Nase bahnt sich einen Weg durchs Grün, ertastet anderes, erinnert sich, gestern, Häute, aus denen Alter quillt, ein nicht zu übertönender Geruch, lederne Schwere, ein Brummen, ein elektrischer Rollstuhl, ein Klöppeln von Stöcken, quietschende Sohlen, die Gänge grau gestrichen, die Böden glatt, spiegelig, die Treppe eben erst geputzt, noch steht ein gelbes Schild bei den Stufen: Vorsicht, nass. Der Wind stößt Tropfen von den Ästen, Mara ins Gesicht. Sie öffnet die Augen, blickt zur Uhr, springt auf, und ihre Schritte fallen ins Laufen. Fritsche, Diktat, achte Klasse, bei jedem anderen hätten sie gestöhnt, nicht bei Fritsche. Wenn der den Raum betritt, sind alle still. Wer in der ersten Reihe sitzt, muss Mundgeruch erdulden. Mara läuft aus dem Park in die Sonne. Andere Schüler tauchen auf, schleppend, den Schlaf noch nicht verpackt. Dort stehen Raucher, eine Hand in die Hosentasche gezwängt. Mara läuft die Stufen hoch, ihre Sohlen geben schabende Geräusche, wetzen die Treppe ab, mit jedem Schritt verschwindet der Bruchteil eines Millimeters Stein.

Gestern sind ihre Schritte noch langsam. Keine Steintreppe am Eingang, keine Stufen, alles flach, ausgelegt für Rollstühle. Kälte schlägt sie, irgendwo steht ein Fenster offen. Du musst nicht mitgehen, sagt ihre Mutter, du kannst warten, bis sie wieder klarer ist. Ich will sie sehen, sagt Mara. Du kannst nicht mit ihr reden, sagt die Mutter, sie ist noch nicht beieinander. Dabei lässt die Mutter ihren Zeigefinger an der Stirn kreisen. Die Vollnarkose, sagt die Mutter, so was geht nicht spurlos an einem vorüber, mit siebenundneunzig. Die beiden nehmen die Treppe. Oben kreuzt ein alter Mann ihren Weg, auf einen Stock gebeugt, seine Füße bündeln das Schlurfen zu einer einzigen, endlosen Spur. Er bleibt stehen und schaut zu Mara. Er ist klein, sein Rücken der Bogen eines Fragezeichens, Lippen wälzen über blankes Zahnfleisch, als wolle er etwas sagen, aber der Kehle fehlt Kraft, dem Kopf Kondition. Sein Atem ist eingeklemmt. Plötzlich denkt Mara, ich habe schon öfter geatmet als er es noch tun wird. Sie fragt ihn, ob sie ihm helfen kann. Seine Augen füllen sich mit flüssigen Schleiern, seine Lippen stoppen das Lutschen, in Zeitlupe reckt er den Kopf nach links, nach rechts, er wendet sich wortlos ab, zäh quält er sich vorwärts, wandelnde Langsamkeit, die bald zerbrechen wird. Vor Zimmer 207 bleibt Mara stehen und ruft sich Tantchens Stimme ins Gedächtnis: Lasst doch das Kind in Ruh, sagt Tantchen, immer, wenn die Eltern zu schreien beginnen. Lasst doch das Kind in Ruh. Mara legt dann oft den Kopf in Tantchens Schoß und spürt die alte, faltige Hand im Haar.

Die schwierigen Wörter lernt sie dreifach. Eine Eins mit nach Hause bringen. Sie sieht den Vater förmlich vor sich, wie er ihr das Heft aus der Hand nimmt. Wie er nickt. Eine Eins. Mäppchen werden durchwühlt, Stifte knipsen, wie schreibt man encyclopedia, mach mal jemand das Fenster zu, mach's doch selber zu, kannst mich mal. Die Tür geht auf, Geräusche verschmelzen zu einem Stühlerücken, alle springen von den Sitzen, dann erstickt jeder Laut. Fritsche geht durch den Raum, legt die Hefte aufs Pult, rückt seinen massigen Körper vor die Tafel, schaut in die Runde, steht breitbeinig dort, sagt überlaut: Good morning, boys and girls! Good morning, Mister Fritsche! schreien die Kinder. Fritsche legt die Hände an die Ohren. Good morning, Mister Fritsche! brüllen vierunddreißig Kehlen.

Sie muss in den Garten, du wirst mir helfen, sagt Vater, und ihre Großtante sagt, lass das Kind in Ruh, sie ist doch kein Junge, und Vater sagt, ist mir egal, wir ham nur das eine. Er drückt Mara die schwarze Packung mit Dünger in die Hand, Guano, gelbe und rote Schriftzüge, Bilder von Pinguinen, eine Papierhülle im Innern des Kartons, scharfe Würze platzt heraus, Pinguinkot, ein beiges, wie Sand rieselndes Pulver. Vater sticht Löcher, Mara löffelt Dünger hinein, Vater setzt keimende Kartoffel, Mara bedeckt sie mit Torf. Vater schwitzt, während er gräbt, keucht, raucht, wirft den Stummel auf den Weg, der an der unbenutzten Schaukel vorbei zum Haus führt. Sein Atem, grau, abgestanden, ist von kalter Kraft, übertüncht das Beißen des Düngers, mit dem Mara, unter Vater gebückt, die Löcher bestäubt. Er bekommt einen Hustenanfall, drückt Mara den Spaten in die Hand: Jetzt bist du dran, sagt er.

Die alte Frau dort, im dicken, großen Sessel, in dem sie ganz versinkt, das soll sie sein? Das Haar aufgelöst. Wo ist der graue Dutt? Sie schläft. Der Atem kommt nur mit großer Anstrengung aus der Brust, als müsse er im Innern Anlauf nehmen. Die Wangen bleich, eingefallen. Die amputierte Brust vom Bademantel bedeckt. Die Hände voll blauer Infusionsstiche. Ihr Gesicht eine einzige Falte. Kernseife, sagt sie immer, ich hab mich ein Leben lang nur mit Kernseife gewaschen. Nie spürt Mara eine weichere Haut als die ihrer Großtante. Kaiser Wilhelm ich hab Kaiser Wilhelm noch erlebt Heil dir im Siegerkranz die englische Hymne war früher mal die deutsche und Kaplan Hinrich mein Religionslehrer hat uns gefragt was ist das wichtigste Gebot wir haben es nicht gewusst er hat gesagt das wichtigste Gebot ist Ehrt eure Eltern und das hab ich nicht vergessen er hat mich dabei angeschaut als ob er wüsste was passieren würde als ob er wüsste dass meine Mutter siebzehn Jahre lang im Bett liegen bleiben wird bis zu ihrem Tod und ich bin siebzehn Jahre bei ihr gewesen bei meiner Mutter aber gern getan. Mara stellt sich oft vor, wie das ist, siebzehn Jahre am Bett eines Menschen zu sitzen und dessen Hand zu halten, siebzehn Jahre lang alles aufzugeben, siebzehn Jahre, eine einzige Aufgabe.

Mara nimmt Vater den Spaten aus der Hand und beginnt zu graben. Die Schwere der Erde liegt ihr schnell auf den Schultern, das blanke Holz des Griffs ätzt ihr die Haut von den Händen. Sie ist froh, wenn eine Reihe zu Ende ist und sie den Spaten in die Erde schlitzen und zur Kiste mit den Kartoffeln greifen und die Kartoffeln in die Löcher stecken kann, vorsichtig, damit die blasslila Keime, die wie pelzige Wurmköpfe herausschauen, nicht abbrechen. Doch bald schon, durch das stete Bücken, schmerzt auch das Kreuz. Mara tut so, als mache ihr das nichts aus. Auf keinen Fall will sie den Anschein erwecken, der Arbeit des Beugens und Erdaushöhlens nicht gewachsen zu sein. Ihr Vater bemängelt hin und wieder die Größe der Löcher oder die Art und Weise, wie sie den Aushub auf die vordere Reihe wirft, auch pfeift er sie an, wenn sie vergisst, einen durchs Graben aufgetauchten Stein auf den Gartenweg zu werfen. Er schielt oft zu ihr rüber, scheint nur drauf zu warten, dass sie endlich Ich kann nicht mehr sagen wird. Aber diese Blöße will sie sich nicht geben.

Hat sie Schmerzen? – Ich weiß nicht. – Wie lange wird sie schlafen? – Ich weiß nicht. – Ich bleib hier, bis sie zu sich kommt. – Wir haben nicht ewig Zeit. Dann bewegt sich etwas in der Faltenmaske, ein Röcheln, Augenlider öffnen sich zögernd, das Erwachen geschieht langsam. Tante Christine, sagt Maras Mutter, sie sagt es nicht, sie schreit es. – Wa? – Das ist der erste Laut, der ihr über die Lippen kommt. Tantchen, flüstert Mara, ich bin's. – Wa? – Der Blick haftet nicht an irgendwas, er flackert nicht, er wirkt wie durchstochen. Es vergeht eine Weile. Nichts geschieht. Keiner weiß, was er soll. Da läuft er, sagt die Tante plötzlich. Mit einem Ruck ist etwas in sie gefahren, das wie Lebendigkeit aussieht. Da vorn, ruft sie, so laut sie kann, ein Krächzen eher, guck ihn dir an, wie er läuft, so ist's schön. Jetzt ist Bewegung in ihrem Arm, sie zeigt auf etwas, weit vor ihren Knien, in der Ferne. Maras Blick folgt dem ausgestreckten Finger. Sie sieht nichts, denn es gibt keine Ferne hier, eine Kommode begrenzt den Raum. Was ist denn da? fragt ihre Mutter. – Wa? sagt das Tantchen. Und dann ruft sie: Na, komm schon her, mein Lieber, hierher, na komm! Die Mutter zieht die Augen hoch, schaut Mara an, macht einen Fingerwirbel an der Schläfe. Mara legt der Tante die Hand auf den Arm. So ist's brav, sagt Tantchen und schaut auf Maras Hand. Ja, war es lecker? Hat es geschmeckt? Hast du noch Hunger, Bobby?

Alle Augen sind auf Fritsches dicklippigen Mund gerichtet. Wie Käscher. Nur Mara denkt: Diktat, nichts leichter als das, nur zuhören, nur Vorgegebenes aufnehmen, abpinseln, nichts umformen, nichts verändern, nichts zufügen, nichts weglassen, nur tun, was gesagt wird, wie ein Reflex, nur noch Ohr und Hand, nur reagieren, mit sich geschehen lassen, ohne Widerstand. Fritsche hat eine überdeutliche Aussprache. Er betont die schwierigen Wörter genau. Begleitet jeden möglichen Fallstrick mit einem Rundumschlag von Blicken. Mara zwickt sich in die Wange. Fritsche liest noch einmal den Anfangssatz, hängt die ersten vier Wörter wie nasse Wäschestücke auf die Leine, deutlich getrennt, nebeneinander, wo sie baumeln und tropfen, bis auch der Letzte sie übertragen hat. In the 19th century. In – the – 19th – century. Die Worte stehen jetzt in ihrem Heft, und Mara reißt sich los wie ein ungezogener Hund, Tantchens Mutter ist in the 19th century geboren, wenn ihr eure Eltern nicht ehrt, dann, sie hat auf alles verzichtet, nie einen Mann, keine Kinder, Kaplan Hinrich, siebzehn Jahre lang, das eigene Leben einer anderen geschenkt, der Mutter geschenkt, verschenkte Zeit, the Anglo-Saxons, zurück, Achtung, zurück in die Stellung.

Dieser Körper, denkt Mara, während sie stumpf vor sich hin ackert, dieser Körper, man müsste ihn ausschalten, man müsste sich über ihn hinwegsetzen, man müsste aus ihm rausspringen, sich seiner entledigen, ihn abwerfen, aus ihm schlüpfen wie aus einer Jacke, man müsste ihm zusehen und über ihn lachen, wie er stöhnt und jammert und sich in Schmerzen badet, dieser Körper, denkt sie, aber sie denkt es nicht als Kette von Gedanken, sondern als dumpfen Wunsch, der über sie fällt wie ein Schatten, als sie gräbt oder sich bückt und Kartoffeln setzt, und während sie so denkt, an dem Tag, als der schwitzende Vater neben ihr raucht und den Dünger löffelt, da hat Mara plötzlich alles verloren: ihre Sicht auf die Dinge, ihre Bewegung, ihr Atmen. Es ist völlig dunkel, sie kann nichts mehr riechen, nichts mehr hören, es herrscht Eiseskälte, sie kann sich nicht bewegen, jemand schüttelt sie, etwas Feuchtes hält sie fest, eine Hand, die sie umklammert, eine schweißige Hand, und dann dieser metallische Stich, der in sie dringt, ein Löffel, der etwas aus ihr herausholt: Sie ist jetzt nur noch Packung. Reglose Guanopackung. Und in ihr: beißender Pinguinkot.

Bobby, denkt Mara, Tantchens Hund aus der Kindheit, ein großer, schwarzer, lockiger Hund. Er läuft davon, als Tantchen elf ist. Sie sieht ihren Hund, sagt Mara zur Mutter. Ja, sagt Mutter, das dauert, da muss man warten, bis sie wieder klarer ist. Christine! ruft sie, wir sind das! – Wa? Tantchens Gesicht überzieht sich mit Schlieren aus Unverständnis, die Augen richten sich zur Stimme, die auf sie einspricht. Wie geht es dir? ruft die Mutter. – Wa? – Du hattest eine Operation. – Wa? – Man hat dir die Brust abgenommen, es ist gut gelaufen, du bist jetzt im, in Pflege. Christines Blick kippt ins Weiße. Sie reibt mit der flachen Hand über die Falten, sagt Och, och. Dann ruft sie, Heilige Maria und Joseph, bittet für uns. Schlägt sich mit der Hand vor die Stirn. Die Mutter hindert sie daran. Tantchens Keuchen wird brutal und heftig, als wolle sie ihr Ende einatmen.

Mara sieht den sprechenden Mund, sieht Wörter, die den Mund verlassen, will Wörter in Buchstaben wandeln, will Gesprochenem Form verleihen, doch in ihr überschlägt sich etwas, sie kommt mit dem

Atmen nicht nach, nur Augen zu und durch, denkt sie, nur alles tun, aufschreiben, was gesagt wird, leichteste Übung, aber ihre Hand zittert, die Worte dringen nicht mehr durch, Tropfen auf der Stirn, sie könnte wieder in die Dinge flüchten, wie beim Graben, als sie zur Düngerpackung wird, stehen gelassen, auf kaltem Boden, sie könnte jetzt zum Heft werden, aufgeklappt, weiß, liniert. Doch Maras Hand schweigt. Sie hat aufgehört zu schreiben. Eine Stimme, die sich mit Fritsches Stimme mischt, lasst doch das Kind in Ruh, for merely seventeen years, er ist plötzlich weg ich lauf zur Hundehütte und er ist nicht mehr da einfach verschwunden Bobby rufe ich und denke der wird schon noch kommen wenn ich ihn nur laut genug rufe Bobby ich rufe nichts anderes mehr Bobby immer nur Bobby, vor ihr, mitten im englischen Text, steht ein fremdes Wort, could you please repeat the last sentence, Mister Fritsche, Gelächter, Mara nimmt den Killer und löscht, bis ein weißlicher Matsch den Hund bedeckt, jetzt wieder zurück, denkt Mara, fang die Worte ein, father, god, blue, ein Stöckchen, schreibt sie, noch einmal ein Stöckchen fliegen lassen, und ein schwarzer Hund hebt es auf, läuft zurück, eine Hand, die den Stock greift, meantime, where, lots of, about, the, und Mara killt das Geschriebene, löscht es, den ganzen Text, der Killer schmiert durch eigene Feuchte, what's the matter with you? Mara? What are you doing? Where are you going? You can't leave the, lässt alles zurück, läuft durchs Schulhaus, durch den Park, die Adenauerstraße entlang, rennt, ohne zu merken, dass sie viel zu schnell rennt und ihre Seiten schon stechen und ihr Atem kaum hinterherkommt, biegt in die Wilhelmstraße, der flache, steigungslose Eingang, die Pforte, die Treppe, die Tür mit der Zahl 207, Tantchen, sagt sie, ich bin's. Tantchen öffnet langsam die Augen, schaut durch Mara hindurch, in die Ferne, ja, sagt sie, wer ist das? Ich bin's, sagt Mara. – Bobby? fragt die Tante, Bobby? Und Mara japst, hält sich die Seiten, die Zungenspitze zwischen den Lippen, sie fällt auf die Knie, vor dem Stuhl, hockt dort, atemlos, ihr Kopf auf Höhe des anderen Kopfes, dann beugt sie sich und lässt die Vorderfüße auf den Boden gleiten, wirft den Kopf in den Nacken, aus ihrer Kehle dringt ein Knurren, das lauter wird, zum Bellen, sie schnuppert, sie schnüffelt. Ja, sagt Tantchen, Bobby, da bist du ja endlich, sie legt ihre Hand auf Maras Haar und sagt, so ist's brav, Bobby, so ist's gut. Mara senkt den Kopf auf Tantchens Schenkel und zuckt zusammen, weil es fürchterlich kalt dort ist, so kalt wie noch nie auf ihren Schenkeln, aber Mara bleibt, wo sie ist, es wird schon noch warm werden, denkt sie, wenn ich nur lang genug meinen Kopf hier liegen lasse. Bobby, hört sie die Stimme über ihr, Bobby, dass du wieder da bist, komm, lass dich streicheln. Und hechelnd schaut Mara hoch, die alte, faltige Hand im Haar.

Kruft und Schill

Als Florian Kruft vom Manuskript aufblickte und ins Fenster sah, erschrak er, da nicht sein eigenes Spiegelbild erschien, sondern hinterm Glas der Kopf eines Mannes, der ihm fremd war. Der Mann musste ums Haus herum in den Garten gekommen sein. Er schaute zu Kruft herein und hob grüßend die Hand. Kruft öffnete das Fenster.

»Was wollen Sie hier?« rief er.

»Entschuldigen Sie, mein Name ist Sebastian Schill.«

»Ja und?«

»Ich läute schon seit fünf Minuten!« sagte Schill.

»Ich hab die Klingel abgestellt!« sagte Kruft.

»Es geht um die Wohnung in der ersten Etage. Die leer stehende Wohnung. Sie wissen schon!«

»Was?«

»Der Vermieter hatte Ihnen doch den Schlüssel gegeben, damit ich mir die Wohnung mal anschauen kann.«

»Ach so!« sagte Kruft. »Richtig. Hatte ich vergessen. Kommen Sie zur Tür!«

Kruft schloss das Fenster, holte den Schlüssel zur ersten Etage, ging zur Tür, öffnete sie und wartete, bis Schill vor ihm stand, mittelgroß, kräftig, schütteres blondes Haar, Brille, bleiche Haut. Schill entschuldigte sich und sagte, er hoffe, er störe nicht, wobei er auf den Stift wies, den Kruft immer noch in der Hand hielt. Kruft schüttelte müde den Kopf, steckte den Stift ein, trat zu Schill ins Treppenhaus und ging ihm voran die Stufen hoch. Noch auf der Treppe bedankte sich Schill für Krufts Hilfe und pries die Wohngegend. Ruhige Lage, sagte Schill, gleich der Wald nebenan, altes Haus, großer Garten, ob man den Garten mitbenutzen dürfe? Kruft nickte nur und sagte nichts. In den nächsten Minuten fragte Schill nicht etwa nach weiteren für einen künftigen Mieter interessanten Wohndetails, sondern begann unvermittelt über sich und seine Arbeit als Nachtportier in einem kleinen Hotel zu sprechen, über das stundenlange nächtliche Sitzen, über das Warten und Zeitverscheuchen, mit nichts anderem beschäftigt, sagte Schill, als mit sich selbst. Kruft konnte solch aufdringliche Menschen nicht ausstehen, die gleich im ersten Augenblick der Begegnung alles von sich preiszugeben versuchen, er nickte stumm und ließ Schill gewähren. Nach zehn Minuten verließen sie die leere Wohnung, und Schill verabschiedete sich. Es war kurz nach fünf.

Zehn Tage später klopfte es. Kruft hatte gerade sein Abendessen beendet, stand auf und öffnete. Es war Schill. Er hatte eine Flasche Rotwein dabei. Er sei, sagte Schill, gestern eingezogen und wolle auf gute Nachbarschaft anstoßen. Kruft zuckte zurück und sagte, das sei sehr freundlich, aber er trinke eigentlich nicht mehr so spät abends … *Ein* Glas, unterbrach ihn Schill, ein Gläschen nur, das könne er ihm doch nicht abschlagen. Kruft schnaufte und dachte kurz nach, ihm fiel aber auf die Schnelle nichts ein, womit er seinen neuen Nachbarn hätte abwimmeln können, und so ließ er Schill herein, führte ihn ins Wohnzimmer, holte einen Öffner und entkorkte die Weinflasche. Nachdem die beiden angestoßen hatten, sagte Schill: »Ich hab gehört, Sie sind Schriftsteller.«

»Ich … nein …«, sagte Kruft. »Wer hat das gesagt?«

»Frau Mell«, sagte Schill und deutete mit dem Finger nach oben.

»Nein«, sagte Kruft, »ich arbeite halbtags in einem Büro.«

»Ja, aber Ihre Bücher?«

»Sie meinen die Erzählungen?«

»Und das Buch mit den Essays.«

»Vergriffen, unbedeutender Verlag, nicht der Rede wert, sprechen wir von was anderem.«

»Ja«, sagte Schill, »woran arbeiten Sie gerade?«

»An nichts.«

»Aber ich hab Sie doch schreiben sehen. Durchs Fenster. Sie sind vollkommen vertieft gewesen.«

Kruft verdrehte die Augen, winkte ab, zuckte mit den Schultern, schüttelte den Kopf, nahm einen großen Schluck und hoffte, dass, je schneller er trank, Schill umso schneller wieder ginge. Doch der sagte nun, er habe eine Frage. Kruft nickte ihm zu. Er selbst, sagte Schill, habe noch nie eine Zeile zu Papier gebracht, gewiss, er habe es manches Mal versucht, vor allem nachts, in seiner Portiersloge, da habe er ja mehr als genügend Zeit, aber kläglich, sagte Schill, auf tragische Weise kläglich seien seine sämtlichen Schreibversuche gescheitert, weshalb er jeden, der die Kunst des Schreibens beherrsche, zutiefst bewundere. Nach einer kurzen Pause, in der Schill zum Entsetzen Krufts die Flasche nahm, Krufts abwehrende Gesten ignorierte und beide Gläser wieder füllte, sagte Schill – während Kruft bei jedem Wort, das Schill sprach, mehr und mehr in seinen Sessel sank: Auch wenn er, Schill, nicht schreiben könne, so habe er doch bereits seit langer Zeit eine grandiose Idee. Er sei von dieser Idee restlos überzeugt, es lohne sich unbedingt, diese Idee zu einer Geschichte zu formen, und er hätte es schon längst getan, sagte Schill, wenn er nur dazu fähig gewesen wäre. Kruft richtete sich in seinem Sessel auf, nahm buchstäblich Anlauf, griff zum Glas, kippte den Wein in einem Schwall, stellte das Glas zurück und sagte, er wolle nun zu Bett gehen, da er morgen sehr früh aufstehen müsse. Schill fragte ihn, ob er denn nicht wissen wolle, was das für eine Idee sei? Nein, hätte Kruft am liebsten geantwortet, nein, ganz und gar nicht wolle er das wissen, das sei ja der Grund, hätte er am liebsten gerufen, weshalb er überall die Tatsache verheimliche, dass er schreibe, das sei ja das Vertrackte, dass alle, sobald sie auch nur ansatzweise von seiner Schreiberei erführen, anfingen, über eigene Ideen zu faseln, die er, Kruft, unbedingt zu Papier bringen müsse. Aber Kruft rief nichts von alldem, es gelang ihm, seine Ruhe zu bewahren, er schluckte die in ihm aufgebahrten Worte hinunter und entgegnete etwas verkniffen, aber noch freundlich: Im Augenblick nicht, ein andermal vielleicht. Mit diesen Worten stand er auf und brachte Schill zur Tür.

Am nächsten Tag hörte Kruft zum ersten Mal das Akkordeon. Die Musik drang aus der Wohnung über ihm, mittags um drei. Eine Zeit, die Kruft für sich und sein Schreiben reserviert hatte, eine Zeit, in der er regelmäßig das Telefon aus der Buchse zog und sich in Jogginganzug und Pantoffeln an den Schreibtisch setzte. Jetzt aber breitete sich Musik aus, durchs Treppenhaus und die trennenden Wände mitten hinein in Krufts Gehör: Schill spielte. Kruft blieb ruhig und versuchte es zunächst mit Ohrstöpseln. Doch die verstopften Ohren ließen das innere Rauschen seines Kopfs so sehr anschwellen, dass sie alles andere, was aus Kruft hätte aufsteigen können, übertönten. Kruft hörte nur das Strömen des Bluts und das träge Geräusch des Denkens, und außerdem schmerzte der zusammengequetschte Schaumstoff schon nach kurzer Zeit. Er pulte die Stöpsel heraus und legte sie beiseite. Es war ein Musette-Walzer, den Schill spielte, unerträglich, dachte Kruft, dazu bisweilen falsche Töne. Als Schill um fünf Uhr immer noch nicht aufhörte, stieg Kruft die Treppe hoch, zu Schills Wohnung, und klopfte. Das Spiel verstummte, Schill öffnete. Er hatte das Akkordeon noch umgeschnallt. Kruft fragte seinen Nachbarn, behutsam, höflich, ob man sich vielleicht über einen Plan bezüglich der Übungszeiten verständigen könne. Es sei nämlich so: Den Nachmittag von halb drei bis sechs habe er, Kruft, seit Jahren fürs Schreiben reserviert.

»Ich dachte, Sie schreiben nicht mehr«, flötete Schill.

Kruft hustete.

Schill sagte, bei ihm verhalte es sich ähnlich: Er spiele täglich von drei bis halb sechs Akkordeon.

Kruft schwieg.

Schill tat, als dächte er eine Weile angestrengt nach, doch Kruft sah an Schills falschem Grinsen, dass dieser sich die Worte, die er nun, nach einigen stummen Momenten, von sich gab, bereits zuvor zurechtgelegt hatte. Schill sagte, es gebe eine für alle Beteiligten zufriedenstellende Lösung. Er habe gestern mit Frau Mell gesprochen, einer großen Freundin des Akkordeons. Vielleicht, sagte Schill, könne er sein Spiel einfach in den obersten Stock verlagern. Zu ihr. Zu Frau Mell. Die sitze sowieso den ganzen Tag allein dort oben, uralt, halb taub, tue im Grunde genommen rein gar nichts und warte auf den Abend. Kruft sah Schill eine Weile misstrauisch an, doch da die Lösung ihm durchaus einleuchtend schien, nickte er, reichte Schill die Hand und sagte, er freue sich, einen so angenehmen neuen Nachbarn gewonnen zu haben. Ja, sagte Schill, gleich morgen werde er die Sache mit Frau Mell besprechen.

Am Nachmittag des nächsten Tages vernahm Kruft ein kurzes, schrilles Akkordeonquietschen im Treppenhaus, Schritte, die sich nach oben entfernten, Richtung Dachgeschoss, dann lauschte Kruft eine Weile, hörte aber nichts mehr. Erst als er ins Treppenhaus trat und bis zur ersten Etage hochstieg, vernahm er leises Akkordeonspiel aus der Wohnung Frau Mells. Zufrieden kehrte Kruft zurück an seinen Schreibtisch und schrieb ungestört bis um sechs. Fünf Minuten später klopfte es. Es war Schill. Frau Mell sei begeistert gewesen, strahlte Schill, um nicht zu sagen, regelrecht aufgeblüht. Dann seien ja jetzt alle zufrieden, antwortete Kruft und wollte die Tür schon freundlich nickend schließen, als Schill die Hand auf das Türblatt legte und sagte, nicht ganz, da sei noch eine Kleinigkeit.

»Was denn?« fragte Kruft.

»Die Idee«, sagte Schill.

»Welche Idee?« hustete Kruft.

Die Idee, sagte Schill, er, Schill, wolle ihm, Kruft, seine Idee erzählen, er wisse schon, die Idee, von der er, Schill, überzeugt sei, dass man sie aufschreiben müsse. Kruft zögerte. Am liebsten hätte er die Tür wieder zugeschlagen, aber er dachte, dass dies überaus unhöflich gewesen wäre in Anbetracht dessen, was Schill bezüglich des Akkordeonspiels für ihn in die Wege geleitet hatte, und als Schill hinzufügte, es daure nur eine halbe Stunde, gab sich Kruft einen Ruck und ließ den Nachbarn herein. Schill schob sich vorbei, mit gebleckten Zähnen, freudig schnurrend. Kruft verdrängte eine aufkeimende böse Ahnung und folgte dem Nachbarn. Der nahm in einem Sessel Platz, rieb sich die Hände und schien ein wenig aufgeregt zu sein. Kruft setzte sich zu ihm, sah zunächst auffällig lange zur Uhr, dann nickte er Schill aufmunternd zu, und als Schill noch eine Weile unschlüssig schwieg, sagte Kruft, nur zu, keine falsche Scheu. Schill druckste herum und sagte, er habe die Idee noch nie einem Menschen erzählt, er müsse sich zunächst die geeigneten Worte zurechtlegen, und je länger er darüber nachdenke, umso mehr reife der Entschluss in ihm, nicht unmittelbar die Idee zu schildern, sondern vielleicht zunächst, sozusagen als Einleitung, die Vorgeschichte. Kruft seufzte überdeutlich. Die Vorgeschichte, fuhr Schill unbeirrt fort, die den Protagonisten, einen Mann namens Jean Tabot, charakterisiere. Ohne diese Vorgeschichte, sagte Schill, bestehe die Gefahr, dass man Schwierigkeiten habe, die Wahnsinnsidee, die Jean Tabot irgendwann in seinem Leben habe, nachzuvollziehen. »Ich denke«, sagte Schill, »ich beginne am besten mit Jean Tabots Geburt ...« Florian Kruft konnte den nächsten Sätzen seines Nachbarn nicht mit der gebotenen Aufmerksamkeit folgen, sondern schielte an Schill vorbei zur Wanduhr, sah dann in Schills Augen und erkannte, dass dieser Mann, der tatsächlich begonnen hatte, Jean Tabots Geburt zu schildern, weit von jeglichem Zeitgefühl entfernt war, sodass die von Schill für den Aufenthalt in der Kruftschen Wohnung einberaumte Zeitspanne von einer halben Stunde nun wie Hohn in Krufts Ohren klang. Der Kerl, dachte Kruft, wird den ganzen Abend hier sitzen, wenn es mir nicht gelingt, ihn zu unterbrechen. Schill sprach gerade über die Rekordzahl von falschen Alarmen, die der Geburt des ominösen Jean Tabot vorausgegangen war, über die Verzweiflung der Mutter, über die ständigen Schmerzen und schließlich über den Tag, an dem Jean Tabot doch noch das Licht der Welt erblickte und die Mutter, erleichtert, aber zornig, einen Satz sprach, der das gesamte Leben Tabots, wie Schill sagte, fortan überschreiben würde: Hast du dich endlich entscheiden können? Schill machte eine bedeutungsschwere Pause.

»Nein«, sagte Kruft, »so wird das nichts. Sagen Sie mir erst mal klipp und klar, worum es in der Geschichte überhaupt geht, ehe wir uns in Nebensächlichkeiten verlieren.«

Schill schwieg einen Augenblick.

»Das Thema«, sagte Kruft von neuem. »Was wollen Sie sagen? Was ist das Wichtigste?«

»Also gut«, sagte Schill, »es geht – wie im Satz der Mutter schon angedeutet –, es geht um die Entscheidung.«

»Um welche Entscheidung?«

»Nicht um irgendeine Entscheidung. Es geht um *die* Entscheidung. Um das Wesen der Entscheidung. Verstehen Sie?«

»Nein.«

»Herr Kruft, standen Sie noch nie vor einer Entscheidung?«

»Doch. Klar. Natürlich.«

»Und haben Sie das noch nie verflucht? Dieses ewige Sichentscheidenmüssen? Jeder Mensch sagt sich irgendwann in seinem Leben: Könnte ich doch beides tun! Müsste ich mich doch nur nicht entscheiden!«

»Wieso?« wandte Kruft ein. »Eine Entscheidung ist doch etwas Wunderbares, etwas Großartiges, etwas, das den Menschen über sich selbst erhebt. Entscheidung schafft Klarheit und Konzentration auf das Wesentliche, Entscheidung füllt den Menschen mit neuer Kraft, alles wird auf einen Punkt hin gebündelt, beflügelt geht man weiter durchs Leben.«

»Nein«, rief Schill, »das Gegenteil ist der Fall. Entscheidung ist das Ende der Scheidung, der Tod der Möglichkeiten, die Eingrenzung aller Vielfalt, Entscheidung bedeutet Eintönigkeit, Eingleisigkeit, Langeweile, Entscheidung zieht die Qual des Sichentscheidenmüssens mit sich. Nichts, sagt Jean Tabot, nichts ist widerwärtiger als eine Entscheidung.«

Kruft schwieg. Die Sache war ernst. Schill hatte sich in sein Thema verrannt.

»Jean Tabots Entscheidungshass«, fuhr Schill fort, »muss in der Geschichte genauestens beschrieben werden. Schon als Kind will Tabot immer da sein, wo er gerade nicht ist, immer will er das haben, was er gerade nicht hat, und all das auszumalen, ist Ihre Aufgabe, Herr Kruft, lassen Sie sich was einfallen.«

»Ich hab nie gesagt, dass ich die Geschichte ...«

»Und Jean ist Außenseiter. Niemand will was mit ihm zu tun haben. Alle meiden ihn. Warum? Weil er bei dem, was er tut, nicht innerlich, nicht wirklich anwesend ist, weil er immer etwas anderes tun will als das, was er gerade tut.«

»Ich möchte Sie noch einmal darauf hinweisen, dass ...«

»Alle meiden ihn, Herr Kruft, bis auf Dave. Der kommt in Jeans Klasse, als die beiden etwa fünfzehn sind. Sie verstehen sich auf Anhieb, werden Freunde, ergänzen sich und so weiter, man muss genau beschreiben, was sie zusammenhält, beide sind Außenseiter, zusammengeschweißt vom Nein ihrer Mitschüler et cetera. Und dann stirbt Dave. Plötzlich. Das sehe ich schon vor mir. Ganz genau. Ich meine, *wie* er stirbt. Da sind zuerst die Dachdecker auf dem Dach, einer von ihnen rutscht aus, will sich festhalten, lässt einen Ziegelstein fallen, und unten, auf der Straße, fährt eine Frau auf dem Fahrrad, sie kommt gerade vom Einkaufen, mit zwei schweren Taschen am Lenker und einem voll bepackten Korb auf dem Gepäckständer, der Ziegelstein trifft genau den Korb, die Frau verliert das Gleichgewicht und kippt auf die Straße, hinter ihr fährt ein Auto, der Fahrer reißt das Lenkrad herum, schert auf die andere Seite, ein Auto kommt ihm entgegen, der zweite Fahrer weicht aus, fährt mitten über den Bürgersteig: Und dort steht Dave.«

»Er ist sofort tot?«

»Genau. Und für Jean«, sagte Schill, »beginnt nun der, ich nenn es mal, der Marsch des Irrealis – Herr Kruft, die Formulierung müssen Sie sich merken! Es ist die Schauerlichkeit des Zufalls. So was kann normalerweise nicht passieren, denkt Jean. Schon kommen sie, die *Wäre* und *Hätte* und kriechen aus ihren Schlupflöchern. Wäre nur der Dachdecker nicht ausgerutscht oder hätte er wenigstens den Stein festgehalten oder wäre die Frau auf dem Fahrrad bloß zwei Meter weiter vorn oder zwei Meter weiter hinten gefahren. Und was heißt das? fragt sich Jean. Die Frau hätte nur zehn Sekunden später oder früher aus dem Einkaufszentrum kommen müssen! Jean rennt in Gedanken wie wild durch den Supermarkt. Wo sind die zehn Sekunden? An der Käsetheke? Warum war so viel los an diesem Donnerstag? Warum hat die Verkäuferin so lange gebraucht? Ist sie zerstreut gewesen? Hat sie zuerst den falschen Käse in die Hand genommen? Oder die Kassiererin? Vielleicht hat sie die Frau auf dem Fahrrad nach Kleingeld gefragt? Oder ob sie eine Tüte bräuchte? Jean sitzt in seinem Zimmer und stellt endlose Hätteketten auf. Führt Buch über alle möglichen und unmöglichen Umstände, nächtelang. Schreibt ganze Hefte voll. Und eines Tages stellt er fest, dass das, was er tut, vollkommen sinnlos ist. Es gibt immer neue Hätteketten. Die *Wäre* und *Hätte* ziehen an ihm vorbei, er kann sie zählen, aufschreiben, aber ein Ende ist nicht in Sicht. Es ist sinnlos, aber zugleich ein Trost für Jean, denn das nächtelange Erstellen der Hätteketten ist nichts anderes als ein, hören Sie gut zu, Herr Kruft, ein Gegengewicht auf der Waage der Sinnlosigkeit.«

»Und auf der anderen Seite der Waage?«

»Daves Tod.«

»Das«, sagte Kruft, »ist ein schönes Schlusswort.«

Damit stand er auf und stellte erleichtert fest, dass Schill ihm zur Tür folgte, und im Überschwang dieser Erleichterung bedankte sich Kruft bei Schill für die interessanten Ausführungen, wie er sagte, es habe ihm, Kruft, Vergnügen bereitet, Schill zuzuhören, er schüttelte seinem Nachbarn die Hand und schob ihn leicht zur Tür hinaus, ließ die Tür ins Schloss fallen, doch kurz vor dem Augenblick, da das Schloss klickend einrastete, hörte er Schill zwei Worte sagen, die ihn zusammenfahren ließen. Kruft lehnte sich von innen an die Tür und sah vor dem Spion ein wenig verzerrt Schills Hinterkopf schweben, Kruft kehrte zurück ins Wohnzimmer und goss sich Wein ein, während Schills Worte in ihm nachklangen: »Bis morgen.«

Den nächsten Tag verbrachte Kruft in innerer Anspannung. Das Schreiben ging ihm nicht so leicht von der Hand wie gewohnt, ab drei Uhr lauschte er nach oben, nichts war zu hören, doch immer wieder unterbrach Kruft sein Schreiben, stand auf und tigerte durch die Wohnung, konnte sich auf das, was er gerade schreiben wollte, nicht konzentrieren, seine Gedanken wichen ab, und je später es wurde, umso mehr stieg sein Weinkonsum und umso weniger brachte er zu Papier. Als es schließlich klopfte, um kurz nach sechs, stellte Kruft sich tot. Das Klopfen wurde stärker. Kruft rechnete damit, dass Schill jeden Augenblick schreien würde: Ich weiß, dass Sie da sind! Doch Schills Schritte entfernten sich. Kruft atmete auf.

Als jedoch am folgenden Tag gegen drei Uhr das Akkordeonspiel erneut aus dem Stockwerk über ihm drang, wusste Kruft, dass er in der Falle saß. Aber er dachte nicht lange nach und stieg sofort zu Schills Wohnung hoch. Er klopfte, Schill öffnete. Kruft hatte sich ein Lächeln ins Gesicht gemeißelt und fragte Schill, ob der nicht heute Abend, gegen sechs, zu ihm kommen wolle? Er, Kruft, wolle noch mehr über die Idee erfahren, über Tabots Geschichte. Gern, entgegnete Schill erfreut, sehr gern komme er hinab, heut Abend, um sechs. Und als Schill schon die Tür schließen wollte, fragte Kruft noch, ob Frau Mell denn nicht zu Hause sei. Doch, sagte Schill und grinste, er habe sich nur warm spielen wollen, er gehe gleich hoch zu ihr. Die beiden nickten einander zu und verabschiedeten sich.

Kruft setzte sich an den Schreibtisch. Er atmetet durch. Es war ungewöhnlich heiß, er öffnete das Fenster. Die ersten Zeilen liefen ihm vielversprechend aus der Hand, doch nach einigen Minuten schweiften seine Gedanken ab, das Geschriebene verschwamm, und plötzlich tauchte Dave vor Krufts Augen auf, Kruft versuchte ihn zu verscheuchen, es gelang ihm nicht, er fragte sich, warum Dave, ebenso wie Jean, ein Außenseiter war, es müsste, im Gegensatz zu Jean, an seinem Äußeren liegen, Dave könnte ein hagerer Kerl sein, mit

Aknekratern im Gesicht, und stinken müsste er, nach Kuhfladen, warum nach Kuhfladen, fragte sich Kruft, Daves Vater ist doch Bankangestellter, unerklärlich. Kruft riss sich aus den Verspinnungen, zwang sich zu einer Konzentration auf das Eigene, nur um wenige Zeilen später einen Ziegelstein durch die Luft fliegen zu sehen, der einen Korb traf, der auf dem Gepäckständer einer dicken Frau befestigt war, und so weiter. Am Abend gab er auf. Er hatte kaum eine halbe Seite geschrieben, und trotzdem klopfte Schill schon an der Tür. Kruft ließ seinen Nachbarn herein, und Schill begann sogleich zu erzählen.

»Jean kommt zu seiner Idee im Alter von achtzehn Jahren. Er ist ein grüblerischer Mensch, hört nicht auf nachzudenken, vor allem über den Tod, wie man sich vorstellen kann, über das Leben, über das ewige Leben, und irgendwann kommt er auf den Gedanken, dass ein ewiges Leben auf Erden keine berauschende Aussicht ist: Früher oder später würde sich alles wiederholen. Man würde vor Langeweile vergehen. Ewiges Leben, ewige Jugend, das sind verblasste Menschheitsträume. Und plötzlich denkt Jean: Es kommt gar nicht auf die Länge des Lebens an, sondern auf die Intensität. Der Mensch lebt nicht zu kurz, sondern zu sparsam. Wenn er ehrlich ist, der Mensch, dann will er mehr, dann will er alles: ein gleichzeitiges Ausleben aller Triebe, Wünsche, Träume, Hoffnungen, aller Möglichkeiten. Jean fragt sich: Warum Entscheidungen? Warum eine Wahl aus Möglichkeiten? Warum muss der Mensch sich auf einen einzigen Weg beschränken? Warum kann er nicht *mehr* tun, *mehr* erleben? Alles, was in ihm steckt?«

»Und?«

»Jean Tabot stellt sich die entscheidende Frage: Wie, wenn es dem Menschen gelänge, sich zu teilen?«

»Sich zu teilen?«

»Ja. Genau das bezeichnet Jean fortan als seine Große Idee. Er will den Kampf gegen die Wahl, gegen die Entscheidung, gegen Selektion und Begrenzung. Seine Parolen heißen Offenheit, Unbegrenztheit, Gleichzeitigkeit, Vielfältigkeit.«

»Und dann?«

»Sie werden es nicht glauben, Herr Kruft, aber es gelingt ihm wirklich.«

»Was gelingt ihm?«

»Sich zu teilen«, sagte Schill und sah Kruft erwartungsvoll an.

»Und das ist Ihre Idee?« fragte Kruft.

»Ja«, sagte Schill.

»Ein Mensch, der es schafft, sich zu teilen?«

»So ist es.«

Kruft schwieg. Sprach sich Ruhe zu. Wusste überhaupt nicht, wo er anfangen sollte. Sein Kopf sprudelte über vor Gegengedanken, sodass er sie erst einmal ordnen musste. Kruft schenkte seinem Nachbarn noch ein Glas Wein ein und leitete seine Rede mit den Worten ein, er, Schill, müsse nun stark sein, da er, Kruft, mit Sicherheit sagen könne, dass jene Idee, von der er, Schill, so begeistert und überzeugt sei, weder auch nur annähernd originell noch im entferntesten aufschreibenswert zu nennen sei. Es gebe ganze Heerscharen von Literaten, sagte Kruft, die bereits in ähnlicher oder wenn nicht gar gleicher Form jenes in der Literatur so überaus beliebte Doppelgängermotiv durchgekaut hätten. Ein ganzer Roman heiße beispielsweise explizit *Der Doppelgänger*, daneben gebe es Figuren wie William Wilson oder Doktor Jekyll, sämtliche Schauerromane bestünden aus nichts anderem als aus jenem Motiv, das man mit dem wissenschaftlichen Titel *Doubles and Split Selves* überschreiben könne – dies sei im Übrigen der Titel einer Dissertation, die er, Kruft, während des Studiums einmal gelesen habe. Ein solches Thema, fuhr Kruft fort, die Teilung eines Menschen, könne nicht ernsthaft noch einmal und noch dazu in einer solch naiven Form wie der von Schill vorgeschlagenen behandelt werden. Das sei ja das Vertrackte, schloss Kruft, dass jeder, der schreiben wolle, sich einen Dreck darum schere, was bereits vor ihm geschrieben worden sei, sondern in grotesker Weise eine Wiederholung, um nicht zu sagen, eine Verdopplung des bereits Gegebenen vollführe. Schill trank einen Schluck Wein und entgegnete in ruhigem und sachlichem Ton, er freue sich – Kruft zuckte zusammen – über Krufts Erregung, und seine, Schills, Aufgabe bestehe nur noch darin, Krufts Erregung in die rechten Bahnen zu lenken, also umzupolen, und zwar in eine Begeisterung für die Idee. Und nichts, fuhr Schill fort, der nun seinerseits Kruft ein Glas Wein einschenkte, nichts sei einfacher für ihn, als Krufts Gegenargument den Wind aus den Segeln zu nehmen. Die Dissertation, sagte Schill, sei ihm bekannt. Er, Schill, habe sie studiert, er wisse alles über *Doubles and Split Selves*, nicht nur die Sekundärwerke habe er gelesen, sondern sämtliche Romane, die um dieses Motiv kreisten. Den Vorwurf der literaturhistorischen Unbelecktheit könne er gelassen zurückweisen, vor allem aus dem einfachen Grund, da seine Idee eine ganz neue Dimension besitze, die sämtlichen übrigen Doppelgängertexten verschlossen sei.

»Und die wäre?« fragte Kruft.

»Die Gleichzeitigkeit.«

»Die Gleichzeitigkeit?«

»Nehmen wir Jekyll und Hyde. Mal existiert der eine, mal der andere. Jean dagegen teilt sich und existiert zu zweit und nimmt nicht mehr nur das wahr, was er selber wahrnimmt, sondern gleichzeitig auch das, was sein Doppelgänger wahrnimmt. Er denkt nicht mehr nur das, was er selber denkt, sondern gleichzeitig auch das, was der andere denkt. Sein Körper fühlt nicht mehr nur das, was er selber fühlt, sondern gleichzeitig das, was der andere fühlt. Gibt es zwei Möglichkeiten, muss er nicht mehr wählen, sondern kann gleichzeitig beide Wege gehen. Das leidige Sichentscheidenmüssen ist ihm genommen.«

Hier, sagte Schill triumphierend, liege ja gerade die Stärke der Idee. Wenn er, Schill, *ein* großes Talent besitze, so sei es ein Gespür für das, was man gemeinhin den Zeitgeist nenne. Sein Thema schlage hier vollkommen zu. Gentechnik, Klonen, neueste Erkenntnisse auf dem Gebiet der Computerentwicklung, virtuelle Realitäten, parallele Universen: Der geheime Sinn all dessen liege doch darin, dass jeder Mensch danach strebe, der gewöhnlichen eigenen Realität immer irgendwie zu entfliehen, um in einer parallelen Welt zu leben, ohne aber die erste, wirkliche Welt aufgeben zu wollen. Grund dafür sei der tief in unserer Epoche wurzelnde Entscheidungshass, die Entscheidungsunfähigkeit aller Menschen. Mit seiner raschen Auffassungsgabe, fuhr Schill fort, und seiner tierischen Besessenheit für die Idee stürze Tabot sich in seine Studien, entdecke geheime Labore, Unternehmen, Projekte – hier sei der Fantasie des Schreibenden keine Grenze gesetzt. »Aber alle Forschungen Tabots«, sagte Schill, »führen zu keinem konkreten Ergebnis. Sie liefern zwar Anhaltspunkte, Hinweise, aber keine Resultate. Es gelingt Jean Tabot erst, sich zu teilen, nachdem er, an einem Abend der Verzweiflung, seiner Idee abschwört, sie verrät, sie vergessen will, sie fortwirft, sich selbst und sein Leben verflucht – er ist bereits jenseits der dreißig –, und da, als er sich die Idee aus seinem Innersten reißt, als er sich selbst und alles, was ihn bislang ausgemacht hat, vergisst, da gelingt es ihm, da teilt er sich, da tritt plötzlich ein anderer Mensch aus ihm heraus, da bricht er plötzlich entzwei.«

»Und der … der andere steht also neben Tabot?«

»Ja.«

»Und wie genau hat sich diese … diese Teilung vollzogen?«

»Dafür Worte zu finden, Herr Kruft, diesen ungeheuren Akt des Niedagewesenen zu beschreiben, diesen Ton zu treffen, diese Stimmung, das müsste doch die reizvollste Aufgabe für einen Schriftsteller überhaupt sein.«

»Sie machen es sich einfach, Herr Schill. Aber gut. Nehmen wir an, Jean hat sich geteilt. Nehmen wir an, es ist gelungen, die Teilung für den Leser Wirklichkeit werden zu lassen. Nehmen wir an, da stehen nun zwei Menschen mit zwei Körpern und Köpfen, die beide gleichzeitig neben dem, was sie selber erleben, auch noch das erleben, was der andere erlebt, ist das so richtig?«

»Genau.«

»Also gut, Herr Schill, nehmen wir an, das ist alles geschehen. Was machen die beiden dann?«

Schill rückte ein Stück in Krufts Nähe.

»Sie sehen sich an«, sagte er.

»Und?«

»Senken sofort den Blick.«

»Warum?«

»Es ist, als hätten sie sich an ihren Blicken verbrannt. Der eine schaut in den anderen, der in den einen schaut und so weiter, eine endlose Treppe hinab, wie zwei schauende Spiegel, die sich gegenseitig spiegeln, endlos, immer weiter, Jean sieht, was er sieht, was er sieht.«

Eine Weile blieben beide still.

Dann drehte Schill sich im Sessel sitzend um, blickte auf die Uhr und sagte, er müsse jetzt gehen, sonst komme er zu spät zur Arbeit. Als Schill draußen war, trat Kruft ans Fenster. Er sah hinaus. Dort der Garten. Eine Katze schlich am Blumenbeet entlang. Der Rasen müsste geschnitten werden.

Kruft setzte sich an den Schreibtisch, versenkte den Kopf in beide Hände, schnaufte, blieb einige Minuten so sitzen, still, in sich gekehrt, zuckte dann plötzlich zusammen, hob die Nase, witterte kurz, erschauerte, sprang auf, lief zum Regal, zog ein Biologiebuch heraus, hechelte zum Kapitel über Mitose, und während er Ausdrücke wie Spindelfasern, Centriolen, Kernmembran und Äquatorialplatten las, stieg seine Erregung ins Unermessliche, da er deutlich sah, wohin das führte: Am Ende der Zellteilung standen zwei völlig identische Tochterzellen. Den Platz, den zuvor die Mutterzelle eingenommen hatte, teilten sich jetzt zwei gleichartige Zellen, und während Kruft weiterlas, sah er Jean Tabot vor sich, ein Junge, der im Unterricht saß und die Etappen der indirekten Zellteilung in sein Schulheft schrieb, der mehr schrieb, der weiterschrieb, der nun gemeinsam mit Kruft jene Sätze schrieb: »Aus Zellen geht schließlich das Leben hervor. Zellen stehen am Urbeginn der Schöpfung. Wenn es einen Gott gibt, heißt er Nukleolus. Zellen können sich teilen. Der Mensch besteht aus Zellen. Also kann auch der Mensch sich teilen. Und basta.« Kruft schrieb weiter, er schrieb, während die Dunkelheit einbrach, er schrieb, ohne zu trinken, ohne zu essen, er ließ Jean Tabot vor seinem Auge entstehen, kleidete ihn in ein Gesicht, schilderte die Nacht der Teilung, schaffte es, die Wirklichkeit der Teilung einzufangen, fand Worte, die der Ungeheuerlichkeit dessen, was geschah, ihre Ungeheuerlichkeit nahmen und deutlich machten, dass die Teilung sich wahrhaftig vollzog, dass der Mann, der aus Tabot herauskroch, ein wirklich lebender, körperlich existierender und sinnlich wahrnehmender Mensch aus Fleisch und Blut war, keine Vorstellung, kein bloßes Phantast, keine verquere Einbildung wirrer psychischer Defekte, keine innere Auswucherung, nein, wahrhaft und lebhaft, schön und einmalig erstand ein Mensch aus dem Menschen und sah ihn an und hätte sich beinah ebenso in Jean verloren wie Jean in ihn. Kruft berauschte sich an den vor ihm niederfliegenden Sätzen, und erst die Sonne ließ ihn zu sich kommen, er sah auf die Uhr und erschrak. Er verhüllte die beschriebenen Seiten mit seinem Schreibtuch, das er beim Schreiben stets in der linken Hand hielt, legte den Stift auf das Tuch und verließ das Haus. Als er am Mittag mit einem neuen Packen Papier unterm Arm zurückkam, legte er sich auf die Couch und schlief sofort ein. Um kurz vor sechs wachte er auf. Hunger spürte er keinen. Kruft stieg die Treppe hoch, klopfte heftig, Schill öffnete und bat ihn herein.

Er müsse zugeben, begann Kruft, dass ihn seine, Schills, Idee nun doch ein wenig ergriffen habe, zwar wolle er ihm, Schill, keinerlei Hoffnungen machen, ob sich tatsächlich ein literarischer Text daraus entwickeln lasse, aber immerhin sehe er, Kruft, so etwas Ähnliches wie den Hauch einer literarischen Substanz, und er könne sich durchaus vorstellen, die Geschichte in eine schriftliche Form zu bringen. Kruft hatte erwartet, mit diesen Worten bei Schill einen Sturm der Begeisterung zu entfachen. Doch nichts dergleichen geschah, im Gegenteil, Schill fragte, mit einem Mal eigenartig kühl, ob er, Kruft, bereit sei, einen Vertrag zu unterzeichnen.

»Was für einen Vertrag?« fragte Kruft.

»Den Vertrag über die Rechte an der Idee.«

»Welche Rechte?«

»Herr Kruft«, sagte Schill, »Sie sind nur das ausführende Organ.«

»Was?«

»Die Idee«, sagte Schill, »stammt von mir.«

Kruft holte Luft, sagte, ja, natürlich, selbstverständlich werde er den Vertrag unterschreiben, aber das müsse ja nicht heute sein, das könne man ja noch beizeiten erledigen, wichtiger sei vielmehr, dass man überlege, wie man die beiden handeln lasse, denn handeln müssten sie doch, jetzt, wo sie sich gegenüberstünden. »Die beiden«, fuhr Kruft fort,

»können zwei Dinge gleichzeitig tun, die nichts, aber auch gar nichts miteinander zu tun haben: Jean kann schlafen, tief und fest und traumlos, und zugleich eine Bar aufsuchen und sich betrinken. Er kann unbändigen Hunger spüren und sich zur selben Zeit pappsatt fühlen. Man muss beschreiben, wie das ist, das knurrende Schleichen des Hungers, die Windungen des Darms hinauf, säuerlich beißend, und gleichzeitig diese gespannte, fast platzende Bauchdecke. Können Sie sich das überhaupt vorstellen, Herr Schill? Das wär ja eine neue Sprache, die man erfinden müsste. Man könnte es die Welt der dialektischen Gefühle nennen. Die beiden sind papphungrig, eiswarm, hellmüde oder todwach.«

»Und sie müssen nicht mal miteinander sprechen«, sagte Schill und vergaß für einen Augenblick den Vertrag.

»Warum nicht?«

»Sie sitzen ja im Kopf des anderen. Und wissen genau, was der andere denkt. Noch ehe der es geäußert hat.«

»Und warum treffen sie sich dann überhaupt?«

»Sie beginnen ein Spiel zu spielen. Das Spiel heißt Sichselbstverlieren. Die Regeln sind einfach. Die beiden müssen es schaffen, sich möglichst lang in die Augen zu schauen. Wer seinen Blick als Erster aus dem Strudel reißt, hat verloren. Sie sitzen sich gegenüber und sehen sich an. Was sie sehen, ist Weite. Kein Ende. Ein Weg, der fortführt und fortführt, keinen Fixpunkt bietet für den Blick, sie sehen alles.«

»Gut. Das ist gut.«

»Je weiter sie sehen, umso mehr wächst die Gewissheit, nichts zu sehen, nichts sehen zu können, das Halt bietet. Einzige Rettung: Rausriss der Augen durch Schließen.«

»Und dann?«

»Es endet.«

»Was? Schon? Ja, wie denn?«

»Sie berühren sich.«

»Eine Berührung?«

»Ja. Sie treten aufeinander zu und stellen fest, dass sie sich während der gesamten Wochen des gemeinsam getrennten Lebens kein einziges Mal berührt haben. Jetzt geben sie sich die Hand. Sie begreifen sofort, was diese Berührung bewirkt. Sie merken, dass ihre Körper sich ineinander zurückbewegen.«

»Schmerzen?«

»Keine Schmerzen, das nicht, aber ein Geräusch, schlimmer als jeder Schmerz. Wie der Klang eines schleifenden Stabs, der durch eine Metallröhre geschoben wird. Bald schon tropft die eine Brust in die andere, verschlingen sich die Eingeweide gegenseitig, bis schließlich nur noch ein einziger Körper zurückbleibt.«

»Und das ist es?« fragte Kruft.

Schill nickte und sah, wie Kruft abwinkte, den Kopf schüttelte und sagte, nein, nein, so könne die Erzählung unmöglich enden. Es fehle der Höhepunkt, ein letzter Einfall, so gehe das nicht, überhaupt nicht, das sei ja gar nichts, ein enttäuschendes Ende, eine einzige Katastrophe, der eine schlüpft wieder in den anderen zurück, jeder Leser würde am Ende die Erzählung in die Ecke pfeffern, nein, nein, man müsse mehr bieten, einen Schlusspunkt, eine gigantische, überraschende Wendung des Geschehens, eine Pointe, auf die das Ganze zulaufe. Kruft stand auf und verließ Schills Wohnung, lief hinab und setzte sich an den Schreibtisch. Er dachte nicht an die Schwierigkeiten des Endes, nein, er stürzte sich zunächst in das Auskosten der dialektischen Gefühle und schrieb Szenen, erschuf Wörter und Wortgrimassen, ließ Tabot und sein *alter ego* sprechen, handeln und sich immer neu begegnen. Und ganz von selbst, ohne dass er es merkte, nur begründet in der Tatsache, dass er sich mit Haut und Haar in der Geschichte verlor, kam ihm plötzlich der rettende Gedanke, ein Gedanke, der so nahe liegend war, dass er sich wunderte, warum Schill nicht selber darauf gekommen war, ein Gedanke, den Kruft zu einem eigenen Ende der Geschichte führte. Und Kruft schrieb weiter. Nach dem Ende schrieb er die noch fehlenden Teile. Er schrieb so lange, bis die Erzählung fertig vor ihm auf dem Tisch lag. Dann las er alles noch einmal, kürzte, ergänzte und verbesserte und merkte nicht, wie die Zeit verstrich. Kruft dachte an Schill und daran, wie sein Nachbar schauen würde, wenn er, Kruft, ihm, Schill, die bereits fertige Fassung vorlegen würde, mit einem Ende, das Schills Ende bei weitem übertraf. Und Kruft dachte weiter, er dachte, dass dieses Ende die Geschichte allererst zusammenhielt, ihr sozusagen die Krone aufsetzte, und eigentlich wäre es mehr als angemessen, wenn die Geschichte seinen eigenen Namen trüge und nicht den von Sebastian Schill. Und als Florian Kruft den Namen Florian Kruft aufs Titelblatt setzte, hörte er ein Klopfen. Es war nach sechs. Kruft hatte die Zeit völlig vergessen. Er öffnete.

»Kommen Sie rein«, sagte Kruft und bemerkte in Schills rechter Hand ein offiziell wirkendes Schriftstück, »kommen Sie rein, Herr Schill, ich muss Ihnen das Ende erzählen, ein unendlich besseres Ende, ein gigantisches Ende, ein Ende, mit dem die Geschichte einfach enden *muss*. Es ist«, rief Kruft, ohne auf Schills Einwände zu achten, »es ist ein

Gedanke, der den beiden kommt, beiden gleichzeitig, irgendwann steht da dieser Gedanke im Raum, also in ihren Köpfen, ein Gedanke, ein schrecklicher Gedanke, ein Gedanke, der mit seinem Gift im selben Moment die Beziehung der beiden endgültig zerstört. Es ist der Gedanke: *Ich kann den Tod durchleben, ohne zu sterben.*« Kruft hob triumphierend die Hand. »Verstehen Sie?« rief er. »Ich kann sterben, körperlich, wirklich, mit der völligen Aufgabe aller Sinne, ich kann erleben, was geschieht, wenn der Körper seinen Staub abschüttelt, und werde gleichzeitig die wirkliche Welt der Körper nicht verlassen. Ich kann sterben und leben zugleich. Ich kann den Menschen erzählen, wie es ist zu sterben. Ich kann ein Wissen erlangen, ich nenne es: ein nagelneues Wissen. Ich kann sehen«, flüsterte Kruft, »was Dave sehen musste.«

Schill zog die Brauen zusammen.

»Bedenken Sie die Möglichkeiten«, rief Kruft, »die einem ein solches Ende bietet! Man kann das Sterben beschreiben aus der Sicht des Sterbenden. Mehr noch, der Mörder ist Mörder und Opfer zugleich. Er tötet und stirbt im selben Moment. Verstehen Sie, Herr Schill, verstehen Sie?«

Nein, sagte Schill, er verstehe ganz und gar nichts. Sein, Schills, Ende sei vollkommen, so, wie es sei. Kein weiteres Wort wolle er hören. Er bestehe darauf, dass dieser Vertrag hier von Kruft unterschrieben werde, sofort.

»Das geht nicht«, sagte Kruft.

»Wieso nicht?«

»Die Geschichte ist fertig.«

Schill schnaufte.

»Wie? Fertig?«

»Ich hab sie geschrieben. Mit *meinem* Ende. Und das Ende, Herr Schill, macht die Geschichte erst zu dem, was sie ist.«

»Das Ende?«

»Ja, das Ende. Es ist mir gelungen, Worte zu finden, Herr Schill, ich habe den Tod beschrieben, Herr Schill, so, wie er noch nie beschrieben ...«

Doch weiter kam er nicht, denn Schill stürzte an Kruft vorbei. Der erstarrte kurz, lief dann hinterher, ins Arbeitszimmer, Schill war bereits am Schreibtisch und hatte das Manuskript an sich gerissen, drehte sich um, blickte zu Kruft, der im Türrahmen stand, griff in die Tasche, zog ein Feuerzeug heraus und knipste es an. Kruft schrie auf, lief drei Schritte und tat einen mächtigen Satz in Schills Richtung. Schill schaffte es gerade noch, auszuweichen. Kruft hechtete ins Leere, landete mit voller Wucht auf dem Schreibtisch und geriet ins Rutschen. Er konnte sich nicht halten, fiel durchs geöffnete Fenster in den Garten und war nicht mehr zu sehen. Schill legte das Manuskript auf den Schreibtisch und schloss das Fenster. Ihm war, als hätte er gerade etwas tun wollen. Er setzte sich.

Als Sebastian Schill vom Manuskript aufblickte und ins Fenster sah, erschrak er, da nicht sein eigenes Spiegelbild erschien, sondern hinterm Glas der Kopf eines Mannes, der ihm fremd war. Der Mann musste ums Haus herum in den Garten gekommen sein. Er schaute zu Schill herein und hob grüßend die Hand. Schill riss das Fenster auf.

»Was wollen Sie hier?« rief er.

»Entschuldigen Sie, mein Name ist Florian Kruft.«

»Ja und?«

»Ich läute schon seit fünf Minuten!« sagte Kruft.

»Ich hab die Klingel abgestellt!« sagte Schill.

»Es geht um die Wohnung in der ersten Etage. Die leer stehende Wohnung. Sie wissen schon!«

»Was?«

»Der Vermieter hatte Ihnen doch den Schlüssel gegeben, damit ich mir die Wohnung mal anschauen kann.«

»Ach so!« sagte Schill. »Richtig. Hatte ich vergessen. Kommen Sie zur Tür! Und entschuldigen Sie meine Erregung, wissen Sie, ich bin Schriftsteller.«

Familienbande

Er habe, sagte Godorf, an jenem Tag eine Kirche betreten, in einem schwarzen Anzug, an der Seite einer weiß gekleideten Frau, deren Kopf man durch einen an der Vorderseite herabgelassenen Schleier nicht oder doch nur seltsam verschwommen wahrzunehmen in der Lage war, und nicht nur das alles habe er, Godorf, an jenem Tag getan, nein, er habe auch, vor dem Altar kniend, Worte wiederholt, die dazu geführt hätten, dass er, Godorf, mit der an seiner Seite befindlichen Frau Katharina Merl, die seinen, Godorfs, Namen angenommen und seit diesem Tag also Katharina Godorf geheißen habe, in ein Haus gezogen sei, das ein wenig abseits von den anderen Häusern des ohnehin winzigen Dorfs hinter, wohlgemerkt, nicht auf, sondern hinter einem Hügel lag, gleichsam verdeckt von Büschen, Bäumen, Strauchwerk, für die übrigen Dorfbewohner beinah unsichtbar, sodass man nur durch die wöchentlichen Einkaufs- und Kirchgänge vom frisch vermählten Ehepaar Godorf Notiz genommen habe. Er, Godorf, habe ja nun einmal im Alter von zweiundzwanzig Jahren heiraten *müssen.* Alle heiratsfähigen Männer des Dorfes, sagte Godorf, hätten eine heiratsfähige Dorffrau geheiratet, immer nur aus demselben Dorf, müsse er hinzufügen, denn eine Frau aus einem der benachbarten Dörfer zu heiraten sei geradezu verpönt gewesen und immer noch verpönt. So habe auch er, Godorf, den sich ihm bietenden Gewohnheiten folgend, das Alleinsein transzendieren wollen, wie man sich, seitdem Professor Mayen nach seiner Emeritierung in den Ort gezogen sei, zu sagen angewöhnt habe, was nichts anderes bedeute als eben aus dem Zustand des Alleinseins herauszufinden und in den Zustand des Zuzweitseins hineinzugelangen, um diesen Zustand des Zuzweitseins möglichst rasch und ohne Zögernisse in einen Zustand des Zudritt-, Zuviert- oder im günstigsten Fall Zufünftseins zu verwandeln. Nach der Hochzeit sei zunächst alles in den geölten Bahnen des Verkehrs verlaufen. Man habe keine Nacht verstreichen lassen, das zur Kindszeugung Nötige vorzunehmen, und die gemeinsame Verbindung hätte gewiss den ordnungsgemäß vorgegebenen Verlauf genommen, wäre nur Katharina endlich in jenen von allen erwünschten Zustand gelangt, der eine Austragung und anschließende Aufzucht der Eigenblutbrut und ein geregeltes Familienleben ermöglicht hätte. Doch so sehr sie, Godorf und Katharina, sich auch bemüht hätten: Es sei ihnen nicht gelungen. Und das, obwohl man bei seiner, Godorfs, allabendlicher Heimkehr keine Zeit vergeudet und sich gleich nach dem Abendessen an den für die Zeugung bestimmten Ort begeben und die Zeugungsaktivitäten so lange aufrechterhalten habe, bis man in einen kurzen Schlaf gefallen sei, ehe ein neuer Arbeits- und Zeugungstag begonnen habe, der dem vorigen wie ein Ei dem anderen glich. Zu Beginn des fünften Monats der gemeinsam zur Lebensspendung gegründeten Zweierverbindung sei Godorf eine Verhaltensveränderung seiner Frau aufgefallen. Diese habe nämlich während der abendlichen Mahlzeiten reichlich abwesend durch ihn hindurchgeschaut, manchmal begonnen zu summen und das Essen in einer mechanischen, merkwürdig desinteressierten Art in sich hineinzuschieben. Dabei habe Katharina hin und wieder die Oberkörperbekleidung entblößt und ihren Bauch versonnen betrachtet. Und als er, Godorf, sich in der Nacht zu Katharina habe hinüber und wie üblich über sie wälzen wollen, habe Katharina gesagt, dies sei nun nicht mehr nötig. Die Freude über das Gehörte habe ihn, Godorf, übermannt, viel zu glücklich sei er gewesen, als dass er zu diesem Zeitpunkt auch nur den Hauch eines Verdachts hätte schöpfen können. Eine tiefe Dankbarkeit an das den beiden endlich gerecht werdende Schicksal sei in ihm aufgestiegen, und am nächsten Morgen habe er sich gleich ins Dorf begeben, um jedem, den er sah, mitzuteilen, dass er es endlich geschafft habe, dass er endlich in seinem Schaffen erfolgreich gewesen und in den Zustand des Vaterwerdenden eingetreten sei.

Ein Verdacht kam Godorf erst, als er zwei Wochen nach dem Tag der Schwangerschaftsoffenbarung feststellte, dass der von ihm allabendlich liebkoste Frauenbauch sich ungewöhnlich blähte, spannte und zu einer riesigen Kugel wuchs, obwohl, wie Godorf wusste, in den ersten Monaten der Schwangerschaft eine solche Wölbung des befruchteten Leibs nicht üblich war. Innerhalb kürzester Zeit aber war der Bauch der Gattin in ausufernder Weise geschwollen, und als Godorf sie auf diesen Umstand hinwies, schüttelte Katharina nur den Kopf und legte seine flache Hand an ihren Nabel, da das noch namenlose Kind, wie Katharina behauptete, soeben kräftig von innen an den Rumpf der Mutterwerdenden getreten oder geboxt habe. Godorf, der nichts von etwaigen Tritten spürte, nahm sich, um seinem Verdacht nachzuforschen, am folgenden Montag frei, ohne seiner Frau davon

Mitteilung zu machen, verließ zur gewohnten Arbeitsstunde das Haus, parkte den Wagen drei Straßen weiter, schlich zurück und spähte durchs Küchenfenster. Entsetzt musste er feststellen, dass seine Frau vor einem riesigen Berg Lebensmittel saß und Stück um Stück in sich hineinschob, nicht schnell, nicht schlingend, aber doch so unermüdlich, dass Godorf schlagartig die furchtbare Wahrheit erkannte und zutiefst erschrak. Er betrat das eheliche Haus, doch seine Frau schenkte ihm keine Beachtung, und Godorf stellte sie zur Rede. Als Katharina ihm nicht antwortete, begann er zu schreien. Dass sie ihn hintergangen habe, schrie er, eine Schwangerschaft nur vorgetäuscht, kein Kind ruhe in diesem hässlichen Bauch, lediglich die unverdauten und unausgeschissenen Reste ihrer Schlingorgien, nur Fett klebe hinter diesem Nabel und nicht der Kopf eines Menschen. Wie er jetzt dastehe, rief Godorf, er, der bereits jedem im Dorf auf die Frage, ob es bald so weit sei, ein Ja entgegengerufen habe, ein kräftiges Ja, das seinen Status als Vaterwerder untermalt und ihm die respektvollen Blicke der Dorfmitbewohner eingetragen habe. Jetzt aber habe er, Godorf, sie, Katharina, durchschaut, nichts, schrie er, sei es mit einem Kind, und mehr noch, seit zwei Wochen hätten sie ihre täglichen Versuche aufgegeben, den kinderlosen Zustand in einen kindererwartenden Zustand umzuwandeln, kein einziges Mal mehr hätten sie im ehelichen Bett ihre Zeugungsunternehmungen forciert, was sich aber, sagte Godorf plötzlich fast leise, sofort ändern müsse. Er zog Katharina vom Stuhl und presste sie auf den Küchentisch, an dem sie teilnahmslos gesessen und gegessen hatte, und auch jetzt, als ihr Mann sie einer erneuten, gewaltsamen Zeugungsprodezur unterzog, verlor sie nicht etwa ihre Teilnahmslosigkeit, sondern aß, während Godorf an ihrem unteren Leib keuchte, einfach weiter, schob sich ein Stück Kuchen zwischen die Lippen, kaute, schluckte den klebrigen Kuchenbrei hinunter und fuhr sich, als sich Godorf – ein wenig beschämt von der Gewaltsamkeit des Aktes – aus ihr entfernte, mit der Zunge durch die Zähne. Vierzehn Tage später hatte Katharina ihr Gewicht verdoppelt. Sie aß alles, was ihr in die Quere kam. Da ihr Bewegungen aller Art schwer zu fallen begannen, kaufte Katharina nicht mehr selber ein, sondern ließ sich von einem Einkaufsmarktbediensteten morgens die verschiedensten Lebensmittel ins Haus bringen, die sie auf dem Tisch ausbreitete und nach und nach verschlang. Hatte sie am Anfang ihrer Fressorgien noch das eine oder andere Mal ein Zuviel des Verschlungenen wieder auswürgen müssen, gewöhnte sich der

Körper mit den Tagen des Essens an die einverleibten Mengen und behielt immer mehr des Verspeisten in den eigenen vier Wänden. Je dicker sie wurde, umso weiter entfernte sie sich von dem Teil ihres Körpers, der von ihrem Mann – manchmal ohne dass sie es merkte – Abend für Abend wie wild beackert wurde in einem letzten verzweifelten Aufschwung der Hoffnung, seine Frau doch noch zum Mutterstand beflügeln zu können. Godorfs Tatendrang in dieser Frage aber ließ von Tag zu Tag nach, immer rascher entfernte er sich von seiner Frau, bis er sich regelrecht ekelte vor ihren Fettausdünstungen, ihren geschwollenen Armen, ihren gedunsenen Gesichtszügen, ihren sabbernden, leise Malmgeräusche von sich gebenden Lippenschwulsten, und schon weitere zwei Wochen später ließ Godorf ganz und gar von Katharina, der monatelang nutz- und fruchtlos Begatteten, ab, ließ sie in ihrem krankhaften Körperumfangvergrößerungswahn allein und richtete sein Augenmerk fortan auf zweierlei: Zum Ersten erkundigte er sich unauffällig bei medizinisch leidlich gebildeten Dorfbekannten nach den Möglichkeiten des Sichüberfressens, fragte wie beiläufig an, was sich ereignen könnte, wenn ein Mensch, aus welchen Gründen auch immer, nicht mehr aufhöre zu essen, wollte wissen, ob so etwas wie ein Phänomen des

Sichzutodefressens in der Medizinwelt bekannt sei, ob also tatsächlich die Möglichkeit bestand, dass jemand, der grenzenlos Nahrungsunmengen vertilge, eines Tages durch das nicht mehr zu tragende Gewicht oder durch Kreislaufveränderungen oder durch Blutverdickung oder durch Herzerkrankungen einfach so umfallen und dem Tod erliegen könne, und als Godorf erfuhr, dass diese Art des Todes, der Tod durch Überfressen, tatsächlich nicht nur im Bereich des Möglichen lag, sondern dass in der Medizin Krankheitsfälle überliefert waren, die genau dieses Phänomen schilderten, ja, mehr noch, dass es sogar ein regelrechtes Krankheitsbild in der Pathologie gab, das gemeinhin als Fresssucht bezeichnet wurde und durchaus nicht selten mit dem Tod des Fresssüchtigen endete, als Godorf also all dies in Erfahrung gebracht hatte, begann er zum Zweiten damit, sich nach einer Nachfolgerin für seine Frau umzusehen, einer Nachfolgerin, die den Platz der sich sinnlos voll fressenden und weder zur Zeugung zu gebrauchenden noch zeugungsbereiten Katharina gleich nach deren festgestelltem Tod würde einnehmen können, sodass Godorf mit der Neuvermählten noch ausreichend Zeit bliebe, für den erwünschten Nachwuchs zu sorgen und endlich das Leben in die Wege zu leiten, das ihm vorschwebte und das im Dorf so prächtig gedieh, das Leben, das nur möglich war mit einer intakten, jungen, gebärfrohen Frau, die nicht zu früh den Glauben an die Nachwuchsproduktion verlor. Godorf fand zu diesem Unterfangen auch rasch eine brauchbare beckenbereite Empfangsdame namens Louise, der – erst achtzehn Jahre jung – noch über zwanzig Austragungsjahre in Aussicht standen. Godorf schilderte ihr die todbringende Krankheit seiner Nochfrau und rang Louise das Versprechen ab, auf ihn, Godorf, zu warten, bis zu dem Tag, an dem Katharinas Herz im eigenen Fett erstickt sei. Solcherart gerüstet glitt Godorf in einen ruhigen Zustand des Harrens und kümmerte sich nicht mehr um die täglich zunehmende Monstrosität seiner Frau, im Gegenteil, Godorf unterstützte Katharina so gut er konnte in ihrem Wahn und brachte ihr allerlei cholesterin- und zuckerverseuchte Leckereien mit, die seine Frau, ohne zu beachten, was sie da aß, in sich hineinschob. Katharina wog zu Beginn des siebten Monats ihrer Ehe bereits über einhundertvierzig Kilo, ein mächtiger, immer regloser werdender Koloss, der sich mit Mühe noch zum Badezimmer und zur Küche schleppen konnte und nicht mehr in der Lage war, die Treppe zum Schlafzimmer zu erklimmen, sodass Godorf seiner Frau schließlich im Erdgeschoss ein Bett zurechtmachte.

In der Mitte des neunten Monats, sagte Katharina, habe sich nun Folgendes ereignet: Sie, Katharina Godorf, geborene Merl, habe wie gewohnt ihre Essensmassen in sich hineingewürgt, Pudding und Torte, Sahne, Joghurt, Fisch, Brötchen, Gulasch und Marmelade – sie habe schon lange das, was man gemeinhin den Geschmacksnerv nenne, verloren gehabt und begonnen, sich die Speisen wahllos zwischen die fetten Backenlappen zu schieben –, an diesem Tag also, gegen elf Uhr, sei plötzlich ihr Atem wie abgeschnitten vor ihr gestanden, ihr Herzschlag habe mit einem letzten Rucken ausgesetzt, sie sei von ihrem zum Bett umfunktionierten Sofa hochgefahren und habe sich an Hals und Herz gegriffen, habe das in ihrem Mund befindliche Stück Truthahn ausgespuckt, sei – sie habe es am Wandspiegel sehen können – kreidebleich geworden und der Länge nach hingefallen. Sie habe eine Zeit lang dort gelegen, ohne Atem, ohne Herz, und habe gedacht, das sei der Tod, der über sie komme. Umso überraschter sei sie gewesen, als ihr Herz wieder zu schlagen begonnen habe, als die Gedanken sich wieder dem Kopfrhythmus angepasst hätten und der Puls wieder frisch und wie erneuert in ihr Blut gestiegen sei. Zugleich habe sie ein schreckliches Ziehen verspürt, ein jeder ihrer Knochen, eine jede Stelle ihrer Haut habe sich gestreckt und vehement gedehnt, Schmerzen seien in ihr aufgetaucht, die zu beschreiben ein Wort kein guter Verbündeter sei. Minutenlang habe das Zerren gedauert. Dann sei sie aufgestanden. Das, sagte Katharina, habe sie am meisten überrascht: Mit welcher Mühelosigkeit sie sich wieder vom Boden habe erheben können. Ein neues Körpergefühl habe sich ihrer bemächtigt. Fast federleicht sei sie in die Höhe geschnellt, habe in den Spiegel geschaut und nicht wie üblich ihr Gesicht, sondern ihre Brust gesehen. Diese Brust sei erschreckend groß gewesen. Sie sei nun, sagte Katharina, an die Türschwelle getreten und habe feststellen müssen, dass sich ihre Stirn einen halben Meter über der oberen Türzarge befand und dass ihre Hüften an beiden Seiten nicht mehr durch die Tür passten. Bei alldem aber habe sie sich nicht etwa fett und schwer, sondern quasi in Form gefühlt. Eine befreiende Erkenntnis habe sie übermannt: Sie war gewachsen, ungeheuerlich gewachsen, in die Breite gequetscht, in die Höhe geschossen, ihr Gewicht, ihre ganze Masse hatte sich in ihrem Körper ausgebreitet, hatte sich einen neuen Raum erfressen, hatte sich in die Seiten, Ecken, in die Höhe, überallhin verteilt.

Im selben Augenblick öffnete sich die Tür, und Godorf betrat das Haus. Er hatte nicht nur den Anblick des kürbisgroßen Kopfes, der ihm entgegenwabernden Brust sowie des baumigen Beinpaars seiner Frau, sondern auch den Tatbestand zu verdauen, dass Katharina halbnackt vor ihm stand, kaum bedeckt von dem ihrem Wachstumsschub nicht gefolgten Bademantel, der in Fetzen an ihrer Haut hing und den Anschein erweckte, man hätte sie in ein Kinderbademäntelchen gezwängt. Nach kurzen Augenblicken des Schweigens, noch ehe die Eheleute ein Wort hätten sagen können, vernahmen sie ein Geräusch. Ein simples, einfaches Geräusch wie ein Knurren. Sie wussten nicht, woher es kam, das Geräusch, es wurde lauter, mahnender, drohender, verlor sein anfängliches sachtes Kratzen und wurde nachdrücklicher, qualvoller. Plötzlich gab Godorf einer inneren Eingebung folgend seine Zurückhaltung auf, trat zur Frau, legte sein rechtes Ohr behutsam an den halbnackten Bauch Katharinas und konnte nun deutlich die Quelle des stetig wachsenden Geräuschs ausmachen. Es kommt von da drinnen, sagte Godorf zu Katharina. Beide lauschten, bedroht von der bizarren Ungewöhnlichkeit und zugleich unerklärlich tief diesem Ton verbunden, der sich weiter steigerte, immer klagender, immer flehentlicher, sodass beide plötzlich wussten, was die Quelle des Geräuschs war, das aus dem Bauch der Frau zu ihnen empordrang: Es war ein Schrei. Diese Erkenntnis brach gleichzeitig über die Eheleute herein, und nicht nur diese Erkenntnis vollzog sich im Gleichtakt, sondern auch das plötzliche, fast ruckartige Verstehen dessen, was aus dieser Erkenntnis folgte: Das, was die beiden so sehr ersehnt hatten, war endlich eingetreten, der Körper Katharinas hatte sich den nötigen Platz zur Austragung eines Kindes erfressen, nicht nur eine Empfängnis hatte stattgefunden, nein, auch die Geburt hatte sich bereits ereignet, und zwar auf höchst wundersame Weise ohne das gängige Hinauspressen des Kindes. Die Geburt hatte sich nicht wie üblich als Austragung ereignet, sondern vielmehr als Eintragung. Drinnen war es geblieben, das Kind, geboren nichtsdestotrotz, deutliche Lebenszeichen von sich gebend. Doch für die Eheleute mengte sich nun das überwältigende Gefühl des vollkommen unerwarteten Geburtsglücks mit dem Schrecken darüber, was jener aus dem Innersten Katharinas kommende Schrei des Kindes zu bedeuten hatte, sodass die Eltern am Gipfelpunkt der gemeinsamen Erkenntnis, Rührung und Sorge gleichzeitig schrien: Es hat Hunger! Godorf zögerte keine Sekunde, sondern sprang gleich nach den geäußerten Worten in die

Küche, um alles nur erdenklich Essbare zusammenzutragen und es seiner Frau zu bringen, die in ruhiger Hast das Neugeborene zu füttern begann, woraufhin die Hungerschreie des Kindes tatsächlich abnahmen und schließlich ganz verstummten. Als Godorf nun das mit mütterlicher Intensität durchgeführte gemeinsame Mahl seiner Vermählten und seines in der Vermählten hausenden Kindes beobachtete, entfachte seine Liebe zur ihm Angetrauten wieder neu. Godorf verstand durch die Versichtbarung der äußeren nun auch die innere Größe seiner Gattin, und gleichzeitig mit dem Hunger und den Schreien des Kindes verstummten auch all seine Gedanken, die sich auf Katharinas mögliches Ableben und einen etwaigen Zeugungsneubeginn mit der achtzehnjährigen Louise bezogen, die er noch am selben Abend heimlich anrief und von ihrem Heiratsversprechen entband.

Beide, so Katharina und Godorf einhellig, hätten zum damaligen Zeitpunkt noch nichts von alldem geahnt, was in der Folge auf sie eingeströmt sei. Hätten sich die üblichen Vorgänge des Namengebens, Fütterns und Päppelns zunächst noch in stiller familiärer Trautheit vollzogen, so sei ihnen beiden, Katharina und Godorf, erst durch die Reaktionen der Dorfmitbewohner das ganze Ausmaß ihres

Glücks bewusst geworden. In Scharen, so Katharina und Godorf, seien die Dorfbewohner, nachdem sie von der intrauterinen Geburt gehört hatten – wie das Ereignis fortan mit Professor Mayen genannt wurde –, zu den Eltern gepilgert, um sich das Kind, respektive den das Kind umhüllenden Bauch, anzuschauen. Sie, Katharina und Godorf, hätten sich durch den Zuspruch der Dorfmitbewohner nicht nur die Anerkennung eingehandelt, die einem Dorfpaar für die erfolgreiche Zeitigung der Zeugungstätigkeit zuteil wurde, nein, weiterhin und auch in Zukunft könnten sie sich sicher sein, die ihnen zugedachte Elternrolle weitaus intensiver, länger und ausfüllender übernehmen zu dürfen als dies bei Paaren der Fall sei, welche die Banalitäten einer sogenannten extrauterinen Geburt erlebt hätten, und dies bedeute, sagten Katharina und Godorf, dass ihnen beiden die Trostlosigkeit jener Einsperrungsvorrichtungen erspart bleiben werde, in die sich alle Eltern zu begeben hätten, die nach dem Zeugungs- auch den Großziehauftrag erledigt hätten und somit für die fruchtbare Entwicklung des Dorfes nutzlos geworden seien. Nein, sie, Katharina und Godorf, hätten durch die überraschende Einmaligkeit ihrer Situation einen Präzedenzfall dergestalt dargestellt, dass sie von nun an zeit ihres Daseins als Eltern für das Kind verantwortlich wären, ohne Einschränkung, ganz und gar, vollkommen, wodurch es im Dorf zu einem regelrechten Ansturm auf das Godorfsche Haus gekommen sei, da alle Welt habe wissen wollen, wie den beiden jene perfekte Kombination – die Kanalisierung des Kinderwunschs, das lebenslange Beibehalten der Elternrolle *und* das Vermeiden des Weggeschlossenwerdens – gelungen sei. Dies jedoch sei ihnen, Godorf und Katharina, höchst schwer gefallen, in Worte zu fassen, da sie es selbst nicht so genau gewusst hätten und immer noch nicht wüssten und also keine Rezepte und Gelingensgarantien hätten preisgeben können, was sie aber nicht davon abgehalten habe, es dennoch zu tun. Die beiden hätten also sozusagen aus dem Bauch heraus dem einen oder anderen Dorfmitbewohner einen Ratschlag erteilt, wie man es ihnen, Katharina und Godorf, unter Umständen gleichtun könne, was zur Folge gehabt habe, dass sich durch zahlreiche Dankesgaben und Spenden der Godorfsche Reichtum in den letzten Monaten derart vergrößert habe, dass sie, Katharina und Godorf, beschlossen hätten, im kommenden Frühjahr das Dach ihres Hauses um ein Stockwerk nach oben zu ziehen, da ihnen beiden, so schlossen die Godorfs ihre Ausführungen, immer schon nichts verhasster gewesen sei als eine Familie mit nur einem Kind.

Von einem, der aufhört

Nachdem es fünf Wochen lang ohne Unterbrechung geregnet und ich die ganze Zeit über nur in meinem Zimmer gesessen und auf das Ende des Regens gewartet hatte, sprang ich vom Stuhl, als mich plötzlich ein Sonnenstrahl traf, riss das Fenster auf und sah hinaus. Von überall her war noch leises Tröpfeln zu hören. Der Hof begann leicht zu dampfen, als die Sonnenstrahlen schärfer wurden. Ich schloss das Fenster, nahm meine Jacke, steckte den Bleistift, der mir noch zwischen den Lippen baumelte, in die Tasche und verließ das Haus. Niemand sonst war zu sehen. In kurzer Zeit war es warm draußen, ich knöpfte meine Jacke auf und ging Richtung Park. In den Bäumen quietschten Vögel.

Ich bog um die Ecke und erblickte die Parkbank und gleichzeitig einen Menschen, der sich der Parkbank näherte, aus entgegengesetzter Richtung. Je schneller ich ging, umso weniger konnte ich darauf achten, was für eine Gestalt mir dort entgegenkam. Erst als ich nur noch wenige Schritte von der Bank entfernt und es nicht mehr zu übersehen war, dass wir beide gleichzeitig die Bank erreichen würden, erst da hatte ich ein Auge für die äußere Erscheinung des Mannes. Er war nicht groß, trug eine Sonnenbrille, eine karierte Wolljacke und einen Stock, der um seine Beine wirbelte, ohne den Boden zu berühren. Er hatte eine Glatze und ächzte, als er sich am einen Ende der Bank niederließ, während ich im selben Moment am anderen Ende Platz nahm. Er sprach nicht. Erwiderte meinen Gruß nicht. Hatte er mich überhaupt gehört? Er trug ein beiges, wie eine Weinbrandbohne geformtes Hörgerät. Es fiepte spitz, und er fasste hin, um es einzustellen. Er lehnte sich zurück und blickte zum Himmel. Er verharrte eine Weile so, ohne ein Wort. Etwas irritierte mich, vielleicht sein haarloses Gesicht, glatt rasiert waren Kinn und Wangen, kein noch so kleiner Stoppel zu erkennen. Hier, mitten in der Sonne, war es inzwischen so heiß geworden, dass ich die Jacke auszog und zwischen uns legte. Immer noch waren keine anderen Menschen aus den Häusern gekrochen, ich und er, dachte ich, allein auf der Bank, jeder am äußersten Ende sitzend, zwischen uns meine Jacke, die Sonne, die das Wasser von den Bäumen schlürft, Vögel, die aus dem Nichts zu schreien beginnen, und da fühlte ich mich plötzlich entsetzlich allein dort auf der Bank, ohne den gewohnten Betrieb im Park, nur mit dem Glatzköpfigen neben mir, nur er, dachte ich, nur er und ich, sodass mich die Lust anfiel, mit dem Mann ein Gespräch zu beginnen. Nur: Was ihm sagen? Wie sich ihm nähern?

Als hätte der Alte meine Gedanken erraten, war *er* es, der plötzlich von sich aus zu reden begann. Er sprach langsam. Er sei, sagte er, mit dem Wagen in der Stadt. Der Wagen stehe am anderen Ende des Parks. Er komme gerade aus Spanien. Er müsse noch dreihundert Kilometer fahren, bis er nach Hause komme. Er sei in Schwierigkeiten und wolle mich um einen Gefallen bitten.

Ich wollte ihn fragen, was ich für ihn tun könne, aber es gelang mir nur, den Anfang meiner Frage auszusprechen, da der Mann einfach weiterredete, als hätte er meine angebrochene Frage nicht gehört. Keine Unhöflichkeit, dachte ich, sondern Unvermögen, er hört schlecht oder kaum noch, und ich beschloss, ihn reden zu lassen, während ich den Kragen meines Hemds öffnete, denn die Hitze nahm stetig zu.

Da sei etwas passiert, sagte der Mann, als er, in der Nacht, knapp hinter der Grenze, Halt gemacht habe, um zu tanken. Er habe Benzin eingefüllt, sei ins Kassenkiosk gegangen und habe gezahlt. Wieder draußen, sagte der Alte, seien zwei Männer auf ihn zugekommen. Er habe nicht verstehen können, was die beiden gerufen hätten. Sein Gerät, sagte er und deutete auf das Ohr, an dem die Weinbrandbohne klebte.

»Die beiden Männer«, fragte ich, »was war mit ihnen?«

Der Alte schwieg. Ich wiederholte meine Frage, ein wenig lauter. Er überhörte sie und redete weiter. Aber er sprach nun nicht etwa über die Männer an der Tankstelle, sondern vielmehr über jenes Gerät, das ihn seit Jahrzehnten, wie er sagte, vor ungeheuren Schmerzen bewahre. Diese Schmerzen, sagte er, habe er erstmals vor dreißig Jahren verspürt, auf einer Abendgesellschaft. Damals habe er eigentlich nur in Ruhe dastehen und Champagner trinken wollen. Plötzlich aber sei jemand, den er gar nicht gekannt habe, auf ihn zugekommen, habe sich neben ihn gestellt und ihn gefragt, in welcher Branche er tätig sei. Da habe ihn der schreckliche Schmerz zum ersten Mal in die Knie gezwungen.

Der Alte machte eine Pause. Ich blickte zum Himmel und sah, dass die Sonne nun ihre ganze Kraft hinunterwarf, als hätte sie fünf Wochen lang die Hitze gespeichert, um sie nun, an diesem einen Tag, sinnlos zu verschleudern. Was jetzt mit den beiden Männern sei, die sich ihm nach dem Tanken genähert hätten, versuchte ich zu fragen, laut. Und als er nicht reagierte, schrie ich, er müsse sein Hörgerät anders einstellen. Das Hörgerät hatte wieder zu fiepen begonnen, aber der Alte schien es nicht zu merken, sondern sprach weiter und beschrieb unverdrossen den Schmerz, den er verspürt hatte, damals. Er redete davon, wie er, nach jenem Satz des unbekannten Mannes, gekrümmt an der Wand hockte, bis ins Innerste erschrocken, weil er sofort wusste, was genau den Schmerz ausgelöst hatte. In welcher Branche? war er gefragt worden. Wie oft hatte er diese Frage schon gehört? Wie oft hatten ihn Menschen, die er nicht kannte, auf Dinnerpartys und Gesellschaften gefragt, was er mache, welchen Beruf er ausübe? Wie oft hatte er diese Frage schon beantworten müssen! Damals stürzte er zur Tür hinaus, ins Freie, und erbrach sich in den Gartenteich, ehe er zusah, wie die Goldfische fraßen, was er ausgespuckt hatte.

Das müsse er mir erklären, schrie ich. Der Alte hustete eine Weile. Ich schrie so laut, dass ich mich unwillkürlich umdrehte, um zu sehen, ob vielleicht jemand auf uns aufmerksam wurde, aber immer noch war es menschenleer im Park. Als der Alte weiterredete, griff ich in meine Jackentasche, zog meinen Bleistift heraus und schob ihn mir in den Mund.

Die Schmerzen blieben. Sie stellten sich ab sofort ein, wann immer der Glatzköpfige Worte hörte, die er schon einmal gehört hatte, wann immer irgendjemand etwas sagte, das schon einmal in seiner Gegenwart gesagt worden war. Und wenn er sich auch in den meisten Fällen nicht mehr daran erinnern konnte, wann und wo und von wem das, was er hörte, schon einmal gesagt worden war, so traf ihn doch stets der Schmerz als sicheres Anzeichen dafür, *dass* er es schon einmal gehört hatte. Als der Alte dies sagte, sah er ein wenig in meine Richtung, flüchtig zwar, aber immerhin erkannte ich einen Blickansatz zwischen den Lücken seiner Sonnenbrille. Alles, sagte er nun, er habe alles versucht, gegen die Schmerzen anzugehen, er habe keine Party gemieden, er sei überall hingegangen, wo es vor Floskeln nur so wimmelte, er habe auf die Zähne gebissen und jede Begrüßungsformel kalt lächelnd über sich ergehen lassen, er sei keinem Wettergespräch, keiner Befindlichkeitsfrage ausgewichen, er habe sich gesagt, du musst dich dem stellen, du kannst nicht davonlaufen, du bist ein Mensch, als Mensch bist du auf Gesellschaft angewiesen, du brauchst sie, die anderen, sieh es ihnen nach, wenn sie ständig dasselbe sagen, wenn nichts Neues aus ihren Lippen quillt, nur der eigene Brei des schon Gesagten, des schon Abgehakten. Aber auf einmal, fuhr der Glatzköpfige fort, stellten sich die Schmerzen auch ein, wenn er selber sprach, wenn er selber etwas sagte, das er bereits irgendwann einmal irgendwem gesagt hatte, wenn er also berichtete, in welcher Branche er tätig sei, wenn er zum x-ten Mal erzählte, dass er zwar einen Beruf erlernt habe, diesen aber nicht auszuüben brauche, da sein Vater über ein solch enormes Vermögen verfüge, dass er, der Sohn, es als einziges Kind in zehn Leben nicht würde verprassen können. Und schließlich, sagte der Glatzköpfige, habe sein Vater ja nur für ihn gelebt, nur für ihn, habe er immer betonen müssen, sei das Vermögen seitens des Vaters erwirtschaftet worden: Es lag nur für ihn auf gesicherten Konten im Ausland, in Aktiendepots an den Börsen, in Hotels, Häusern, Firmen, nur für ihn lag da diese unvorstellbare Zahl, die darauf wartete, dass sein Vater starb, um endgültig seine eigene Zahl zu werden. All das, so der Glatzköpfige, habe er nicht mehr erzählen können, ohne Schmerzen zu empfinden. »Und«, rief er, »wenn man mich nach dem fragte, was ich beruflich tat, musste ich mich zum Bankier machen, zum Juristen, zum Arzt, zum Jockey, ich wurde alles auf einmal, jeden Tag eine andere Gestalt, nur nicht dasselbe erzählen, denn dasselbe erzählen tat weh.« Er sei erleichtert gewesen, als sein Vater starb, sagte er, denn nach der schmerzvollen Beerdigung, bei der er fast zusammengebrochen sei, (da über zweihundert Kondolanten an ihm vorübermarschiert und stets mit selber Trauermiene dieselben Worte geflüstert hätten), nach der Beerdigung also habe er endlich das getan, was ihm als einzige Möglichkeit geblieben sei, er habe sich zurückgezogen, habe fortan in einem abgelegenen Ort gelebt, das angesammelte Geld ausgegeben, mit niemandem gesprochen, zu groß sei seine Angst vor Abgegrastem gewesen, nein, stattdessen habe er studiert, Bücher gelesen, immer Neues, Unverbrauchtes, Dinge, die ihn eigentlich überhaupt nicht interessierten, Elektronik, Informatik, Astronomie, Physik, Hauptsache, neue Wörter, Hauptsache, unbekannte Kombinationen. Und wenn ihn plötzlich, in seiner Einsamkeit, das natürliche Bedürfnis überkommen habe, mit Menschen in Kontakt zu treten, so sei er den Menschen nur bewaffnet gegenübergetreten.

»Bewaffnet?« rief ich.

Bewaffnet, fuhr der Glatzköpfige fort, bewaffnet mit jenem Hörgerät, das er seit seinem fünfunddreißigsten Lebensjahr trage, wann immer er sich in Gesellschaften bewege, in denen er Gefahr laufe, angesprochen zu werden. Es sei ein ganz spezielles Hörgerät, eigentlich gar kein Hörgerät, vielmehr ein Überhörgerät. Seine eigene Erfindung, sagte er, selber kreiert, ein Überhörgerät, das ihm einen wunderbaren Ton ins Ohr male, keine Musik, nur einen Ton, der ihn in eine innere Ruhe führe, die ihn alles um ihn her ertragen lasse, ein Ton, der vor allem für eins sorge: dass er nichts von dem verstehe, was die anderen ihn fragten, dass er nichts von dem höre, was er selber antworte. »Und nun«, fuhr er fort, »komme ich gerade aus Spanien, und auf der Rückfahrt, wissen Sie, ist mir geschehen, was mir noch nie geschah, man hat mich, es war nachts, kurz hinter der Grenze, auf heimischem Boden, ich war gerade tanken und kam zurück vom Bezahlen, da hat man mich, na ja, schlicht und einfach, ich denke, das nennt man ausgeraubt, das waren zwei Männer, die da standen, es war dunkel, und sie werden mir wohl befohlen haben, mein Geld rauszurücken, ich verstand sie nicht, da ich vor dem Tankstellenbesuch mein Überhörgerät angeschaltet hatte, doch war ja leicht ersichtlich, was sie wollten, ich gab ihnen alles, was ich bei mir trug, sie wollten wohl auch den Schlüssel zu meinem Auto, auf das sie zeigten, ich suchte ihn überall, aber ich fand ihn nicht, und die Männer wollten gerade anfangen, mich, nun ja, ich denke, zu schlagen, da ließen sie plötzlich von mir ab, flohen zu ihrem eigenen Auto und fuhren davon. Ich drehte mich um und sah, dass der Tankwart aus dem

Tankstellenhäuschen getreten war und mit meinem Schlüssel winkte. Ihr Schlüssel, wird er wohl geschrien haben, Sie haben Ihren Schlüssel liegen lassen! Ich fuhr weiter«, sagte der Glatzköpfige, »bis der Morgen anbrach und ich merkte, dass die Tankanzeige sich dem Ende neigte, ich verließ die Autobahn, rollte in dieses Städtchen bis vor den Park, hier stieg ich aus und hoffte, jemanden zu finden, der mir helfen könnte, denn sehen Sie, das Geld ist weg, die Brieftasche, meine Kreditkarten, alles. Ich brauche«, fuhr der Glatzköpfige fort, »Geld für eine Tankfüllung. Ich verspreche Ihnen, das Geld sofort zehnfach wieder zurückzuschicken, wenn Sie mir Ihre Adresse geben.«

Ich merkte, wie ich, erschöpft, etwas mechanisch, den Geldbeutel herauszog. Ich nahm zwei Zehner und meine Visitenkarte, deutete auf sein Überhörgerät und forderte ihn durch Gesten auf, es abzuziehen, damit ich ihm endlich die Fragen stellen konnte, die mir auf der Zunge brannten, doch der Alte nahm mir das Geld aus der Hand, steckte es ein, bedankte sich kurz, fast missmutig, stand auf, ohne seine Sonnenbrille abzunehmen, murmelte »Zwanzig Kröten«, ein wenig verächtlich fast, »zwanzig Kröten, für so ne Geschichte«, und ließ mich auf der Bank zurück, den Bleistift abgenagt zwischen den Zähnen.

Das große O

Am Vorabend des schriftlichen Philosophieexamens tigerte ich durchs Zimmer und versuchte, meine Prüfungsangst aus dem Kopf zu scheuchen. Ich redete mir ein, auf zwei von drei Themen gut vorbereitet zu sein. Nur beim dritten Thema, bei der Leibnizschen Monadologie, sah ich Schwächen, um nicht zu sagen, Verständnislücken. Ich nahm Baldriantropfen und trank ein Glas Rotwein, um müde zu werden, aber ich wurde nicht müde. Ich verließ mein Kochnischenzimmer und machte einen Spaziergang. Schon neun Uhr, die kühle Luft tat mir gut, es war eine Nacht im Juni, den ganzen Tag über war es ungewöhnlich heiß gewesen. Ich blieb unter einem Baum stehen, blickte hoch und dachte an das Wort großkronig. Irgendwo hatte ich in den letzten Tagen gelesen, dass pro 600 m^2 bebauter Fläche je ein großkroniger Baum gepflanzt werden müsse. Ich verfluchte mich: Immer das Unwichtigste, immer das, worum es nicht ging, immer das Beiläufigste, das Uninteressanteste, das, was keinem Menschen irgendwas nutzte, immer nur das konnte ich mir haargenau merken; alles andere aber musste mühsam erworben und auswendig gelernt und mit höchster Konzentration in den Kopf gestopft werden, und trotzdem fiel dabei das meiste durchs Sieb. Als ich wieder im Zimmer saß, schenkte ich mir ein zweites Glas Wein ein. Ich versuchte, mich zum Schlafen zu zwingen, und kippte den Wein wie ein Schlafmittel. Es stellte sich keine Wirkung ein. Im Gegenteil: Ich hätte Bäume ausreißen können. Großkronige Bäume. Als ich im Bett lag, konnte ich die Augen nicht schließen, ohne mich am morgigen Tag in diesem abgekanzelten Raum zu sehen, aus dem es kein Entrinnen gab, mit weißem Papier, vor dem ich nicht weglaufen konnte. Ich sprang wieder auf. Außerdem, dachte ich, musst du noch die Wecker stellen. *Die* Wecker, denn ich wollte mich auf keinen Fall auf einen einzigen Wecker verlassen. Ich besaß einen elektrischen Radiowecker und einen batteriebetriebenen Ticktackwecker. Da für mich aber das Ticktack eines Weckers im Schlaf unerträglich ist, dämpfte ich das Geräusch dadurch, dass ich den Wecker mit einem Kissen bedeckte. Ich stellte beide Wecker auf sechs Uhr dreißig. Dann zwang ich mich ein weiteres Mal ins Bett. An Schlaf war nicht zu denken. Mein Herz glich Maschinengewehrfeuer, ich vergrub das

Gesicht in den Händen, es half nichts: Sobald ich im Bett lag, wurde ich noch wacher, als ich eh schon war, sobald ich das Licht ausknipste, wurde die Dunkelheit zu einer Flüssigkeit, in der ich keine Luft mehr bekam, und nur wenn ich wieder aufstand und Licht machte, wurde meine Brust zumindest ein bisschen aus dem Schraubstock gedreht. Erst um halb sechs überfiel mich jähe Müdigkeit, ich dachte kurz daran, dass diese schlimmste aller Nächte bald vorüber wäre, der Augenblick der Entspannung legte eine Decke aus festem, traumlosem Schlaf auf mich: Ich war sofort weg. Wenigstens eine Stunde noch, war mein letzter Gedanke, ehe mich der Schlaf in die Tiefe riss.

Ich erwachte um elf.

Zunächst hatte ich nur das Gefühl, dass etwas nicht stimmte. Die Leuchtanzeige meines Radioweckers blinkte. Durch die Ritzen der Jalousien drang hellstes Tageslicht. Ich griff zur Armbanduhr: elf. Mit einem Schlag war alles wieder da. Ich schnappte wie ein Klappmesser aus dem Bett. Ich schüttelte die Uhr, aber es war sinnlos, die Zeiger fielen nicht zurück in eine frühere Zeit. Ich griff zum Ticktackwecker: Er war unterm Kissen umgekippt und stehen geblieben in der Nacht. Er zeigte breit grinsend zehn vor drei an. Erst später kapierte ich, dass die Batterie leer war. Der Radiowecker blinkte immer noch hämisch, an aus, an aus, irgendwelche wirren Zahlen. Ich lief zur Küchenuhr: elf. Ich riss die Jalousien hoch: Elf-Uhr-Helle, Elf-Uhr-Geräusche. Jetzt nur nicht die Ruhe verlieren, dachte ich. Die Prüfung war erst um halb eins zu Ende. Wenn ich sofort losstürmte, blieb mir noch gut eine Stunde, um zu retten, was zu retten war. Nie habe ich mich schneller angezogen, ungewaschen, ungeduscht, nie bin ich schneller aus dem Haus gestürmt, lief durch die Fußgängerzone Richtung Uni, die letzten Meter in mörderischem Tempo, durch die Säulen des hässlichen Neubaus ins KG 2, die Treppen hoch, ich sah den Prüfungsraum vor mir, hielt kurz an, atmete durch, zwanzig nach elf. Noch blieben mir siebzig Minuten. Ich betrat schwer atmend den Raum und zog sämtliche Blicke der Mitgeprüften auf mich, als ich durch das Spalier der Bänke ging, den Ausweis zückte, ein Kopfschütteln des Aufsichtsbeamten erntete und zu meinem Tisch gewiesen wurde, wo die Aufgabe mit der einen, entscheidenden Frage lag, die ich zu beantworten hatte.

Ich saß einen Augenblick vor dem Blatt und war voll Hoffnung und Trotz. Jetzt erst recht! dachte ich und betete, den Namen Heidegger unterm Blatt vorzufinden, denn wenn ich den Namen Heidegger vorfände, könnte ich einen brillanten, quasi auswendig gelernten Vortrag einfach so aufs Papier sprudeln, und ich wusste, wenn ich eins konnte, dann war es Schnellschreiben. Meine letzte Chance: In fünfundsechzig Minuten all das aufs Papier zu knallen, wofür die anderen vier Stunden Zeit hatten. Heidegger, dachte ich, Heidegger, bitte, eine Frage zu seiner Freiburger Antrittsvorlesung *Was ist Metaphysik?* Ich hätte sofort losgelegt. Über die Hineingehaltenheit ins Nichts. Hätte beschreiben können, wie wir Menschen uns verlieren an belanglose Sachen, wie wir uns zumüllen mit allem möglichen Zeug, das nichts mit uns und unserem eigentlichen Leben zu tun hat, und wie wir unsere Zeit damit verbringen, Dinge zu tun, die etwas ganz anderes darstellen als das, was wir wirklich wollen, wie wir uns an Äußerlichkeiten und Sicherheiten klammern, und wie wir uns Stunde um Stunde ablenken, uns etwas vormachen, uns einen oberflächlichen, gemütlichen und perfekten Platz im Leben schaffen. Anschließend hätte ich jenen Augenblick beschrieben, in dem wir endlich zu uns selbst finden könnten: Einbruch, Abgrund: Keine Beschäftigung, keine Zerstreuung greift mehr, es gibt nur noch den einzelnen Menschen, ganz allein, zurückgeworfen auf sich selbst, begleitet von einem Gefühl, das durch die Innereien zittert wie eine dunkle Schlange, die langsam ihren Zahn zeigt: rettungslose Angst: Einblitz in das, worauf das Leben zwangsläufig hinausläuft: das eigene Ende. Und ganz, ganz kurz steht uns vor Augen, worum es eigentlich geht, wer wir sind, was wir wollen und was wir alles tun könnten. Dann ist es auch schon vorbei. Die Angst ist nicht lange auszuhalten. Das, was wir sehen, brennt so stark, dass wir die Augen schließen müssen. Das Existenzgewitter ist vorüber, wir sind zurück in der Zerstreuung, die vielen Möglichkeiten, die vor uns lagen, zerbröckeln. Spöttisch schauen wir auf den Augenblick zurück, der unser Leben wie ein Blitzschlag zerrissen hat, und sagen uns: Ja, wovor habe ich denn gerade Angst gehabt? Da war doch gar nichts! Und ohne es zu wissen, haben wir Recht: Das Nichts ist da gewesen.

Ich zog den leeren, linierten, mit dem Universitätssiegel bestempelten Prüfungsbogen zu mir und schrieb meinen Namen in das dafür vorgesehene Kästchen. Hielt den Stift wie einen Revolver zum Schnellschuss bereit. Dann drehte ich das Blatt mit der Prüfungsfrage um: Stellen Sie die Leibnizsche Monadologie in ihren Grundzügen dar und nehmen Sie kritisch Stellung. Von diesem Augenblick an war ich wie in Gips gegossen. Leibniz, dachte ich, und mein Stift in der Hand bewegte sich keinen Zentimeter. Ich redete mir Ruhe zu.

Ich versuchte, die Absurdität der Situation von mir zu schütteln und alles aus dem Hirn zu pressen, was ich zu Gottfried Wilhelm Siegfried Theodor Leibniz wusste, oder wie auch immer seine tausend Vornamen sein mochten, die mir nicht einfielen. Es war nichts mehr da. Tabula rasa. In meinem Kopf blankes Papier. Wesensgleich dem Papier, das vor mir lag. Mehr als eine halbe Stunde muss ich in katatonischer Erstarrung vor dem leeren Blatt gesessen haben. Dann blickte ich auf die Uhr. Noch zwanzig Minuten. Jetzt löste sich die Spannung. Ans Schreiben war nicht mehr zu denken. Ich beobachtete meine Mitgeprüften. Einige von ihnen kritzelten wie im Rausch, ich sah förmlich die Tinte von ihren Papieren spritzen, sie hatten sich in die Beantwortung der Frage verbissen wie hochgezüchtete Pitbulls, ein schrecklicher Anblick. Andere blieben etwas ruhiger, überlegten stiftnuckelnd und quetschten dann das Resultat ihrer Überlegungen sorgsam aufs Papier. Wieder andere sahen kurz zu mir. Da lag ein mitleidiger und fragender Blick in ihren Augen, ehe sie sich wieder der eigenen Arbeit zuwandten. Doch hinter diesem mitleidigen und fragenden Blick tauchte ein unsichtbares Lächeln auf, eine Ecke Schadenfreude, ein Jägergrinsen, und ich las ihre geheimen Gedanken: Gut, dass *mir* so was nicht passiert, dachten sie, gut, dass *ich* es schaffe. Plötzlich sah ich mich selbst vollkommen nackt und entblößt dort sitzen. Ja, sie hatten Recht, ich würde es nicht schaffen, ich würde die Prüfung versauen, ich hatte sie schon versaut, es wurde Zeit, es mir einzugestehen. Mir würde nichts anderes übrig bleiben, als ein leeres Blatt abzugeben. Doch blieb ich sitzen. Sah die Mitgeprüften, ihre Mienen, ihren Ehrgeiz, ihre Besessenheit, und da lag in einem einzigen plötzlichen Stich die ganze Schrecklichkeit vor mir, die Abgerichtetheit des Menschen, der durch den Feuerreifen Prüfung springt, weil jemand Hopp ruft, und ich mittendrin. Mir tropfte ein Schweißperlchen aufs Blatt. Ich beobachtete genau, wie das Papier mein Wasser aufsaugte. Und? würde man mich fragen, wie war die Prüfung? Ich konnte mir keine Antwort ausmalen. Es gab nichts mehr, das ich hätte sagen können. Es gab nichts mehr, das ich hätte tun können. Es gab nur noch das Papier mit dem langsam trocknenden Tropfen. Ich dachte, ich würde jetzt gern über meinen Schweißtropfen schreiben. Über mich. Über meine Hilflosigkeit. Über die letzte Nacht. Diese Nacht, dachte ich immer wieder. Diese Nacht. Diese Horrornacht.

Doch der Augenblick kippte um und löste sich auf. Was zurückblieb, war ein regelrechter Hass auf meine abwesenden Prüfer. Immer tiefer wühlte ich mich in diesen Hass hinein. Alles in mir schrie danach, ihnen diese Quälereien heimzuzahlen, die sie über mich gebracht hatten. Am liebsten, dachte ich plötzlich, am liebsten würde ich ihnen mit dem nackten Arsch ins Gesicht springen. Ein originellerer Gedanke kam mir damals nicht. Und tatsächlich malte ich nun mit immensem inneren Grinsen und verzweifelter Befriedigung einen riesigen nackten Arsch auf den Prüfungsbogen. Aber ich kam nicht weit. Ich konnte nicht mal den großen, äußeren Kreis zu Ende zeichnen, denn kurz bevor der Kreis sich schloss, sprang der Aufsichtsbeamte wie von der Feder geschnellt vom Stuhl und brüllte in bester Polizeifilmmanier: »Stifte fallen lassen!« Ich war so erschrocken, dass mir tatsächlich der Stift aus der Hand fiel. Von Traurigkeit getragen schwamm ich aus dem Prüfungsraum nach Hause und fand im Briefkasten einen roten Zettel der Stadtwerke, der sämtliche Anwohner darauf aufmerksam machte, dass am heutigen Tag, zwischen sechs und acht Uhr morgens, der Strom abgestellt werde, aufgrund dringend nötiger Kabelerneuerungsmaßnahmen. Ich grunzte nur schwach.

Vier Wochen später erhielt ich einen Anruf vom Professor. Meine Klausur, sagte er und hustete. Ich blieb stumm und erwartete mein Todesurteil. Die Klausur, sagte er, habe für Furore gesorgt. Ich stöhnte gequält. Im Gegensatz, sagte mein Professor, zum rein auswendig gelernten und reflexartig abgelassenen akademischen Lehrbuchwissen, das meine Kommilitonen in einfallsloser und nachplapperischer Manier von sich gegeben hätten, sei meine Klausur durch »Originalität, Knappheit, Sicherheit und Präzision« derart aus dem Haufen der übrigen Arbeiten herausgestochen, dass man vorhabe, sie in der *Philosophischen Rundschau* zu veröffentlichen. Ich schwieg und kratzte mir das Ohr. Später las ich im Gutachten: »Mit größtmöglicher Ökonomie ist es dem Kandidaten gelungen, in nur einem einzigen Buchstaben, dem großen O, die gesamte Leibnizsche Monadologie darzustellen, die Fensterlosigkeit der Monade und die Geschlossenheit des monadischen Systems. Gleichzeitig hat der Kandidat kritisch Stellung bezogen, indem er durch das Offenlassen einer Lücke die Geschlossenheit des Monadenhaften in Frage stellte und somit das monistische System einem Einbruch von außen und der Möglichkeit der Dualität Einlass gewährte. Zu betonen sind der Mut, die Radikalität und die Nachdrücklichkeit, mit der die Gedanken auf ein Minimum reduziert und dadurch kristallisiert und zum Funkeln gebracht wurden.« Das verlockende Angebot, beim weltbekannten Freiburger Leibniz-Spezialisten Professor Doktor

Johann Lichtenthal zu promovieren, lehnte ich ab, mit den Worten, ich hätte bereits alles gesagt, was es zu sagen gebe.

Bei uns liegen Sie richtig

Damals, am Tag nach dem Ende, das ist jetzt eine Woche her, da hatte ich zunächst den Sarghändler aufgesucht, in träger Agonie, weil ich nicht wusste, was ich tun sollte, und dachte, wenn ich nicht weiß, was ich tun soll, tue ich eben das, was ich tun muss, reflexartig irgendwie, existenzamputiert, amöbenhaft. Das Schaufenster des Sarghändlers war mit dem Bild einer auf- oder untergehenden Sonne dekoriert, und über der Sonne leuchtete in roter Schrift der Werbeslogan: Bei uns liegen Sie richtig. Ich öffnete die Tür, hörte ein Glöckchen und trat ein. Der Sarghändler grüßte mich mit professionell gesenkter Miene. Sein Händedruck lag mir schwer in der Rechten, sein Blick wich nicht aus, sondern stellte mich in meiner Trauer. Mit der Linken machte er eine angedeutete Bewegung, als wolle er mir die Hand auf die Schulter legen, aber kurz bevor er meine Schulter berührte, brach er die Bewegung ab. Ich ließ den Sarghändler erst mal reden. Designersärge, ich erinnere mich, das war sein erstes Wort nach der üblichen Beileidsbegrüßung und der Klärung der Totenpersonalien, Designersärge, sagte er, ja, an Designersärgen führe heutzutage kein Weg mehr vorbei, lignotec-Särge der Kategorie Design zeichneten sich aus durch ausgewählten Einsatz traditioneller Stilelemente und durch Materialien in neuen, zeitgemäßen Formen und Farben bei kompletter Funktionalität und könnten je nach Modell folgende Attribute repräsentieren: Eleganz, Offenheit, Modernität, Avantgarde und Aufgeschlossenheit. Als ich nichts erwiderte, ganz einfach deshalb, weil ich nicht wusste, was in einer solchen Situation und auf solche Worte zu erwidern war, fuhr er fort, mit gebremst begeisterter Stimme: Wenn schon kein Designersarg, so doch wenigstens ein repräsentativer Sarg aus Kiefernvollholz, die einfache Holzqualität werde durch den eingefärbten Grund abgedeckt und mit Ritzungen, Porungen und Holzmalereien veredelt, die das Erscheinungsbild hochwertiger Hölzer wie Teak, Nussbaum oder Eiche imitierten. »Oder aber Sie nehmen statt Kiefernvollholz gleich einen aus hochwertigem, astfreiem Kiefernholz gefertigten und transparent lackierten Sarg, lignotec-Särge der Kategorie Kiefer zeichnen sich aus durch solide und handwerklich fachgerechte Verarbeitung der Massivholzrohsärge, durch Holzimitations-Malereien und durch Verwendung von recycelbaren Wasserlacken für die Oberflächen und können je nach Modell folgende Attribute repräsentieren: Solidität, Traditionsverbundenheit, Seriosität, Sicherheit, Vertrauen und Ausgewogenheit.« Als ich immer noch schwieg, sagte er: »Also gut, dann vielleicht ein Standard-Kiefernsarg, die kostengünstigste Variante, Holzdicke teilweise reduziert, Form und Konstruktion einfach und ohne Schnörkel, lignotec-Särge der Kategorie Standard können folgende Attribute repräsentieren: Schlichtheit, Bescheidenheit und Natürlichkeit.« Ich nickte, mehr oder weniger mechanisch, was den Sarghändler zu der irrtümlichen Annahme verführte, ich hätte mich für letztgenannten Sarg entschieden. Nun, durch das Nicken bestärkt, legte der Sarghändler erst richtig los, redete von der Sargoberfläche, von Palmschnitzereien, von braunen Lasierungen und antiken Patinierungen, dann von den Griffen, schließlich vom Ausschlag, er reichte mir jede Menge Miniaturmaterialkisschen, die ich mit den Fingerspitzen zerreiben musste. »Kunstseide«, sagte er, »Velvet, Krepp, Serge, Malimo, Damast, Damast Zebra, Atlas, Volant, Linon oder Baumwolle? Das Ganze mit Blütenkranz-Stickerei, Diagonalsteppung, dezenter Steppung, aufgesticktem Kreuz, Ähre, Moos, Raute, Rose, Kordel, Karo, Rüsche oder Wabe? Wahlweise Spitze oder Stoß?«

»Stoß«, flüsterte ich, »klingt gut.«

Gleichzeitig hatte ich das Gefühl, dass erstmals wieder so etwas wie Eigenleben in mir begann, jetzt, hier, am Tag nach dem Ende, als würde mir der Sarghändler mit seinen Ausführungen neue Luft einhauchen. Seine Worte trugen eine meditative Kraft und Beruhigung in sich, sie pressten all meine finsteren Gefühle in einen Rahmen, der sie mir einigermaßen erträglich machte. Und heute, da der Sarghändler mein bester Freund geworden ist, weiß ich, dass es ihm überhaupt nicht um so etwas Albernes wie den Verkauf seiner Produkte ging, sondern viel eher darum, mich von meiner Trauer abzulenken. Das gelang ihm von Minute zu Minute besser. Er zeigte mir die im Sargstudio aufgebahrten Modelle Pharo, Amital, Alea, Pyramis, Trion und Magnolia. Ich wusste nicht, wofür ich mich entscheiden sollte. »Ein kleiner Zwei-Stab-Sarg?« fragte er und blätterte in einem Katalog. »Oder ein Zwei-Stab-Sarg mit Palme, ein Zwei-Stab-Sarg mit Kerbschnitzung, ein gekehlter Truhensarg, ein Truhensarg mit Parallelform, Mittelkehlung, Wedel-, Fächer- oder Weintraubenschnitzung, ein Truhensarg mit eingesetzten Weinreben furniert, ein Truhensarg mit Doppelnutkehlung oder mit geschnitzter Leiste, mit Karnieskehlung oder mit flämischen Säulen, ein glatter Truhensarg, furniert und mit geschnitzter Sitzleiste, ein glatter Truhensarg, furniert und mit *zwei* Schnitzleisten, ein großer Truhensarg mit Schnitzleiste *und* geschnitzter Sitzleiste, oder gar kein Truhensarg, sondern eine Kuppeltruhe, ein Kuppelsarg, ein Prunksarg, ein Wulstsarg mit Blumenschnitzung oder nur ein kleiner Wulstsarg mit einfacher Tulpenschnitzung?«

Ich nickte anerkennend, er machte eine Notiz.

»Die Beschläge?« fragte er. »Kunststoff, Twaylen, Guss, Holz?«

Ich nickte, er notierte.

»Das Kreuz!« rief er. »Mit geradem Christus-Körper? Mit gebogenem Christus-Körper? Flachprofil? Rundprofil? Halbrundprofil? Rechteckprofil? Oder…«

In diesem Augenblick unterbrach ich ihn und sagte, ich hätte eigentlich eher an eine Einäscherung gedacht.

»Krematorium?« rief der Sarghändler, riss das oberste Blatt seines Notizblocks ab und zerknüllte es. »Krematorium? Dann brauchen Sie doch keinen so teuren Sarg! Krematorium! Warum haben Sie das nicht gleich gesagt?«

Ich zuckte mit den Schultern.

»Und was«, fragte er, »wollen Sie mit der Asche machen?«

»Wie meinen Sie, machen?«

»Einzelgrab«, murmelte er, »Reihengrab, Gemeinschaftsgrab mit Motto, Urnenwand, Friedwald, also Baumgrab mit Rindenerinnerungsplakette, anonyme Aschenverstreuung auf Rasen, nur in einigen Bundesländern möglich.« Als ich die Augenbrauen hob, fuhr er fort: »An der französischen Grenze gibt es einen Beisetzer, der Ballonfahrten organisiert, auf denen die Asche in die Luft gestreut wird. Das ist aber nur in Frankreich erlaubt. Seebestattung ist möglich, aber kompliziert. Gefragt sind heutzutage Ascheraketen, ein Event, bei dem ein Teil der Asche per Feuerwerkskörper in die Luft geschossen wird, oder aber, viel besser, aber alles wie immer eine Frage der Finanzen, eine Weltraumbestattung, das kann ich wärmstens empfehlen: Man schießt die Asche in den Weltraum, wo sie ins Weltall gestreut wird, und die komplette Asche verglüht bei Wiedereintritt in die Erdatmosphäre, sodass wirklich nichts mehr vom geliebten Menschen übrig bleibt, kein Fünkchen, kein Körnchen, nicht mal ein olles Atömchen. Oder wollen Sie«, fragte der Sarghändler, »die Verstorbene nach dem Tod noch bei sich behalten?« Ich sah ihn ratlos an. »Dann gibt es die Möglichkeit, die Asche mit nach Hause zu nehmen, man muss nur den richtigen Krematoriumsbetreiber kennen und ihm ein Scheinchen zuschieben. Oder ein Ascheamulett, in das ein Teil der Asche eingelassen wird, sodass Sie die Tote ständig am Mann führen können, aber wer trägt heute noch Amulette? Die Diamantpressung gefällt mir da besser«, sagte er. »Ich habe gute Kontakte zu einer Diamantpresserfirma in Amerika, da kann ich was Kostengünstiges aushandeln. Ein Diamant«, sagte er, »ist unvergänglich.«

»Nach Hause«, sagte ich leise. »Ich will sie mit nach Hause nehmen.«

»Gut«, sagte der Sarghändler und machte eine Notiz.

»Aber«, fragte diesmal ich selber, da ich langsam Feuer fing, »aber in welcher Urne? Muss ich denn keine Urne aussuchen?«

»Jetzt beginnen Sie mich zu verstehen«, sagte der Sarghändler und öffnete genüsslich einen Schrank mit Musterurnen.

So sprachen wir den ganzen Abend und schließlich auch die ganze Nacht durch, klapperten die eine oder andere Kneipe ab, tranken um Viertel nach drei Brüderschaft, der Sarghändler hieß Gernot und hatte mich inzwischen restlos überzeugt, auf gar keinen Fall eines dieser Institute aufzusuchen, die einem die ganze Arbeit abnehmen wollen, also eines dieser modernen Bestattungsunternehmen, die sich Trauerhilfe nennen und Urkunden für die beste Trauerbewältigungsbegleitung des Jahres in ihre Schaufenster hängen, sondern lieber selber und absolut eigenhändig alles zu tun, was zu tun war. Diese Arbeit, sagte Gernot immer wieder, diese Arbeit, die jetzt auf mich zukomme, das sei die eigentliche Trauerarbeit. Mein Kopf schwirrte von allem, was auf mich einprasselte, aber ich dachte: Er hat Recht. Wenn ich mich ums Einäschern kümmere, dann auch richtig, dann mit Vollgas, dann, dachte ich, werde ich nichts anderes mehr tun als Einäschern, dann wird es nichts anderes mehr geben als die Einäscherungsorganisation. Gernot und ich versackten um fünf Uhr morgens noch im Storchen, und er sprach ganz zuletzt von der sogenannten Standsicherheit, weil wir selber am Tresen kaum noch stehen konnten. Ich solle froh sein, sagte Gernot, dass ich keinen Grabstein bräuchte. Ein Grabstein, lallte er, mache nur Scherereien. Die Standsicherheit, dozierte Gernot und stützte sich bei mir auf, die Standsicherheit des Grabsteins sei eine der heikelsten Angelegenheiten. Der Grabstein sei schließlich ein Symbol, das unumstößlich dort stehe und die unumstößliche Liebe der Lebenden zum Verstorbenen symbolisiere, und man stelle sich einmal vor, dieser Grabstein würde eines Tages wackeln und umkippen, einfach so, nur weil man sich nicht von Beginn an um die Standsicherheit des Grabsteins gekümmert habe. Durch mangelnde

Standsicherheit zähle die Gartenbau Berufsgenossenschaft als Versicherer der Friedhofsträger mehr als einhundert schwere Unfälle im Jahr, deutschlandweit, und zwar allein bei Friedhofsmitarbeitern! Teilweise müsse man die arglos arbeitenden Friedhofsmitarbeiter unter plötzlich umgekippten Grabsteinen hervorziehen! »Und erst die Grabsteininschrift!« rief Gernot. »Steinmetze verlangen üblicherweise einen Preis pro Einzelbuchstaben, in der Hoffnung, dass der Trauernde im Überschwang der Trauer einen möglichst langen Trauerspruch auf den Grabstein metzen lässt, also etwas wie: ›Sie lebte ein stilles Leben in demütiger und vollkommener Hingabe an die Menschen, die sie liebte, und wird auf immer in unserer liebenden und ehrenden Erinnerung bleiben.‹ Bei dreizehn Euro pro Buchstaben sind das fast zweitausend Euro Extrakosten. Und wenn die Verstorbene dann noch Anna-Katharina Herbrechtheim-Hufeisennagel heißt, ist das der erste Schritt in den Ruin. Also immer kurz fassen, am besten nur Ruhe in Frieden oder noch besser Ruhe sanft, warum eigentlich nicht einfach nur Ruhe oder Ruh für neununddreißig Euro? Bei längeren Sprüchen auf jeden Fall Festpreis vereinbaren. Vorab.«

Ich erwachte wie gerädert, nach kurzem, fast atemlosem Schlaf. Die Einäscherungsorganisation steckte mir noch in den Knochen. Ich vereinbarte einen Kremationstermin, veranlasste die zweite Leichenschau und die Erstellung des Unbedenklichkeitsscheins für die Überführung, engagierte einen Trauerredner, organisierte Mini-Vans für die Fahrt vom Krematorium zur Gaststätte, richtete ein Spendenkonto ein für Kranzspenden und kümmerte mich um die Sterbewäsche und die Trauerfeierlichkeiten. Ich hatte einen vorbereitenden Termin mit dem Vollstrecker, ich meine, dem Testamentsvollstrecker, ein Termin, bei dem wir die Vollstreckung vorbereiten wollten: Erbvertrag, Güterrechtsvertrag, Beantragung des Erbscheins beim Nachlassgericht unter Vorlage des Familienstammbuchs, der Sterbeurkunde und der eidesstattlichen Versicherung über die Richtigkeit der gemachten Angaben, ich zeigte dem Vollstrecker sämtliche Vollmachten, Altersvorsorgevollmacht, Bankgeneralvollmacht, Spezialvollmacht. Ich stattete der Versicherung einen Besuch ab und erhielt als Mitsterbegeldversicherter 262,50 Euro, meine Frau, als tatsächlich Verstorbene, sogar 525 Euro Sterbegeld, das nun, logischerweise, an mich fiel. Der zuständige Mitarbeiter der Lebensversicherung würde sich in den nächsten Tagen melden, hieß es, er sei erkältet, ich wünschte gute Besserung. Irgendwann, ganz unverhofft, als ich schon dachte, alles sei erledigt, fiel mein Blick auf unser kleines, gelbes Quietscheentchen, für einen Augenblick nur, es entstand eine hohle Stille, in der ich kurz, ganz kurz nur, meinen Herzschlag hörte und mir die Gewissheit in den Sinn kam, dass ich lebte, und sofort griff ich zum Hörer und rief Gernot an und sagte ihm, ich hätte mich umentschieden, ich wolle die Urne nun doch beisetzen lassen und nicht mit nach Hause nehmen, ich bräuchte dringend Grab plus Grabmal, und Gernot sagte, was Grabmäler betreffe, gebe es keine bessere Webpage als den Grabmal-Ted, ich schaltete sofort den Computer ein und tippte www.grabmal-ted.de in die Tasten, surfte stundenlang durch die Bilder von sechzig Grabmälern der zeitgenössischen Grabmalkunst und war restlos begeistert, da ich nun per Mausklick wählen konnte, welches Grabmal mir am besten gefiel, ich sprach mit dem hiesigen Steinmetz, verglich die Grabgebührendatenbank, besorgte Grabbrief, Graburkunde, Grabmalgenehmigung, ich wollte ein großes, elegantes Grab und stellte mir aus den Gaissmayerschen Staudenpaketen ein eigenes Staudenpaket zusammen, kombinierte das Heimische Leberblümchen aus dem Symbolstaudenpaket mit dem Zwergigen Frauenmantel aus dem Traditionsstaudenpaket, lehnte Tränendes Herz und Christrose rigoros ab, nahm den Gefüllten Storchenschnabel und die Rose Leonardo da Vinci, das Porzellanblümchen, das Mädchenauge und die Polsterglockenblume wegen der schönen Namen, sowie Oregano aus dem Aromastaudenpaket, weil es so praktisch war, und da ich keine Lust hatte, mich um die Pflege des Grabs zu kümmern, aber genau wusste, dass die Pflege des Grabs geregelt werden musste, weil das Verwildern des Grabs nicht im Sinne der Friedhofsträgerberufsgenossenschaft war, kümmerte ich mich um die Dauergrabpflege, musste eine ganze Stange Geld überweisen, um die Dauergrabpflege zu finanzieren, denn die Dauergrabpflege erstreckte sich bis zum Ende der Ruhefrist, in zwanzig Jahren, und wenn man keine bösen Überraschungen erleben wolle, hatte mich Gernot am Telefon aufgeklärt, so müsse man sich unabdingbar und Punkt für Punkt um die folgenden Fragen kümmern: Wird das eingezahlte Geld von einem Treuhänder verwaltet? Wird die Grabpflege überwacht? Wird die überwiesene Summe sicher und mit höchstmöglicher Verzinsung angelegt? Besteht die Möglichkeit einer Kontoauskunft? Werden die Kosten der einzelnen Leistungen auf der Rechnung geführt? Wird nach Ende der Laufzeit eine Schlussrechnung erstellt? Ist die Restmittelverwendung geregelt? Sind die Verwaltungsgebühren auf den tatsächlichen Aufwand begrenzt? Ist die Häufigkeit der Pflegedurchgänge pro Jahr geregelt? Und ist das sommerliche Extragießen im Preis inbegriffen?

Am Tag der Einäscherung erwachte ich allein. Ich warf mir ein paar Spritzer Wasser ins Gesicht und trocknete meine Wangen, damit niemand denken würde, ich hätte geweint. Ich setzte mich auf den Wannenrand, nahm unsere kleine, gelbe Plastikente, drückte sie, und die Ente quietschte, ganz leise, als wäre nichts geschehen.

Dann machte ich mich auf den Weg.

Die Scholl-Anekdote. Bonus-Track

für Elisabeth Orths

Niemand redete lieber als meine Großmutter, pausenlos, ein unermüdliches Plappern, ein kaum zu stoppender, endloser Strom von Wörtern in aberwitziger Geschwindigkeit, sie redete so schnell und so lange, bis sich manchmal die obere Reihe ihrer Zähne löste und zwischen den Lippen erschien, sodass sie das Gebiss mit einer schnellen Handbewegung zurückschob, während sie die andere Hand schützend vor den Mund hielt, weiterredete, als sei nichts geschehen, und ihre Augen schelmisch zusammenkniff. Als ihr Mann noch lebte, begann sie zu reden, sobald der von der Arbeit nach Hause kam, sie redete beim Kochen, redete vom Herd aus zu ihm ins Esszimmer, ihr Mann faltete die Zeitung auf und sagte ab und zu Ja, und meine Großmutter hörte nicht auf zu reden, als sie das Essen auftischte und sich setzte und zu essen begann. Sie redete, wenn sie bei uns zu Besuch war und meine Mutter Kaffee eingoss, Geschirr spülte, bügelte und die Küche aufräumte. Und wenn meine Großmutter bei uns anrief, hielt meine Schwester manchmal den Hörer in den Raum, sodass wir ein leises Quaken vernahmen, meine Schwester sagte ab und zu Ja oder Ach so, und hielt den Hörer dann wieder ins Leere. Meine Großmutter schweifte fortwährend ab, wenn sie redete, griff zu jedem sich neu bietenden Erzählstrang, und oft wusste sie am Ende nicht mehr, womit sie begonnen hatte. Über ihr Leben redete sie, Anekdoten, Geschichten aus dem Krieg, Armut, die gefallenen Brüder, und wir kannten ihre Episoden bis in die kleinsten Verästelungen, hatten alles schon etliche Male gehört, doch es hatte keinen Sinn, ihr dies zu sagen, denn dann brach sie das, worüber sie gerade sprach, ab, um ein anderes Erlebnis zu erzählen, das wir genauso gut kannten. Scholl-Opa, begann eines ihrer Lieblingsstücke, ein Nachbar, ein Freund von meinem Mann, da kann ich mich noch genau dran erinnern, wie wir damals, 1966 war das gewesen, bei Scholls Fernsehen geguckt haben, wir selbst hatten keinen Fernseher, und dann war ja die Weltmeisterschaft, in England war das, und da sind wir zu Scholl-Opa gegangen, der hatte zwei Cousinen, und denen war es hier zu zugig, zu kalt, am Niederrhein, Recht hatten die, da kriegst du dies, da kriegst du das, und dann sind die nach Nagold gezogen, in den Schwarzwald, oder in die Nähe von Nagold, und das waren so penible Dämchen, die beiden Schwestern, die waren so fein, so elegant, die haben aber nicht geheiratet, nein, die sind zusammen in den Schwarzwald gezogen und auch dort gestorben, die liegen da auf dem Friedhof begraben, und, ach ja, das wollte ich erzählen, die haben immer zu Weihnachten ein Päckchen geschickt, zu Scholls, mit lauter Sachen, die man hier schwer bekommen konnte, am Niederrhein, die waren ja reich, waren die, feine Damen, kann man sagen, aber nicht verheiratet, nein, und das haben die jahrelang gemacht, und die Frau vom Scholl-Opa, das Mariechen, das wollte das gar nicht, die hatten ja selber Geld genug, aber da konnte man nichts sagen, das war ja gut gemeint, und das Mariechen, das hat sich dann immer bedankt, für das Paket, das war ja klar, hat also eine Dankes-Antwort geschrieben, wenn Weihnachten vorbei war, eine Antwort in den Schwarzwald, nach Nagold, und jedenfalls, der Scholl-Opa, der hat dann einmal den Brief mitgenommen, um ihn in den Briefkasten zu werfen, und genau am selben Tag war Beerdigung, war das die Beerdigung vom Meyer Ludwig, ja, doch, ich glaub wohl, das war die Beerdigung vom Meyer Ludwig, damals, aus dem Kolping-Verein, der Scholl-Opa war ja jahrelang im Kolping-Verein bei uns auf der Schulstraße, erst Schulstraße, später Lambersartstraße, die haben eine Gaststätte im Kolping-Haus, Mittagstisch, Kegelbahn, Beerdigungskaffee, da trafen sich die Männer immer zum Kartenspielen, der hat ja sein Leben lang Karten gespielt, der Scholl-Opa, und jetzt ging der zur Beerdigung vom Meyer Ludwig, die waren nicht gut befreundet, aber da kann man nichts machen, da muss man ja hingehen, jedenfalls, was ich erzählen wollte, da zieht der Scholl-Opa seinen schwarzen Anzug an und nimmt den Brief mit für die Schwestern aus Nagold, die lebten damals bestimmt schon zehn Jahre in Nagold, die hatten da ein Haus gekauft und sich niedergelassen, ob die geerbt hatten, ich weiß nicht, wo die das Geld herhatten, aber geheiratet haben die nie, und jedenfalls, es verging die Zeit, die verging, es wurd Januar, es wurd Februar, und da kam ein Brief von den zwei Dämchen, da schrieben die, ja, Mariechen, ob sie denn, also ob sie denn das Paket nicht bekommen hätte, das sie ihr zu Weihnachten geschickt hatten, sonst hätte sie doch immer einen Brief geschrieben, dass sie das Paket bekommen hätte, von Dank konnten die ja nichts schreiben, doch, schrieb das Mariechen zurück, natürlich hätte sie das Paket bekommen, sie hätte ja einen Brief geschickt, nein, schrieben die Schwestern, sie hätten den Brief nicht bekommen, doch, schrieb Mariechen, sie hätte den Brief weggeschickt, na ja, war also nichts zu machen, der wird wohl irgendwo in der Ecke bei der Post liegen, sagte man, Hauptsache, das Paket war angekommen, und jedenfalls, ach ja, das wollte ich erzählen, das Spiel, 1966, wo die Engländer gegen die Deutschen gespielt haben, da waren wir bei Scholl in der Wohnung und haben das Spiel im Fernsehen geschaut, und das war kurz vor Schluss, da stand es zwei zu eins für die Engländer, und da sagt der Scholl-Mann, pass auf, das gleichen die noch aus, und er hatte es noch nicht gesagt, da stand es zwei zu zwei, und ich sag, Herr Scholl, sag ich, wenn Sie jemals die Wahrheit gesagt haben, jetzt haben Sie sie gesagt, und dann war das ja mit dem Tor, das keins war, wo der Ball so unter die Latte kam, und der Linienrichter, das war ja ein Russe, und die Russen waren schon ausgeschieden damals, aber der sagt Tor, und das war gar kein Tor, hat man später rausgefunden, war aber nichts zu machen, das haben die dann noch verloren, die Deutschen, und jedenfalls, was soll ich sagen, am nächsten Tag war wieder Beerdigung, und der Scholl-Opa zieht den schwarzen Anzug an, geht in die Tasche, und da ist da der Brief an die Schwestern, von Weihnachten, das ist schon ein halbes Jahr her, von wegen, irgendwo in der Ecke bei der

Post, nein, da ist der Brief die ganze Zeit im schwarzen Anzug im Schrank gewesen, und was macht der Scholl, der geht zum Briefkasten, wirft den Brief ein, Mariechen, schreiben die Schwestern, der Brief ist angekommen, wir haben den Brief bekommen, endlich, Freud satt hatten die.